以動物為鏡

14堂人與動物關係的生命思辨課

Animals As Mirrors

黃宗慧

增訂版序

遇溺歸來

《以動物為鏡》出版五年後的暑假某天，編輯辰元透過臉書訊息敲我，問我是否有意為這本書再多寫一兩篇文章，推出增訂版。相較於當年對於出書邀約的猶豫，這次我幾乎是一口答應。「態度丕變」的主因說來或許有些好笑，就是我終於有機會反省之前寫書過程的拖延，還辰元一個「公道」了。

當年遲遲不開始的原因，在【作者序】中已有交代。事實上，那時我不但寫作過程拖拖拉拉，終於完稿之後，還像是被逼著寫作業、備感辛苦委屈的小孩一般，對辰元說我決心再也不要寫書，並且要把立志當「一片歌手」的誓言寫在序裡——還好她成功勸阻了我，讓我免於在日後成為言行不一的人，因為在那之後，我不但和妹妹宗潔對寫了一本《就算牠沒有臉：在人類世思考動物倫理與生命教育的十二道難題》，近期還又共同編著了《動物關鍵字——30把鑰匙打開散文中的牠者世界》。相當程度上，可以說是因為曾經有《以動物為鏡》帶來了好的開始，原本傾向於把寫書的優先序排在各種工作後面的我，才有了這樣的改變。

而所謂好的開始，倒不是指這本書為我帶來了什麼殊榮，而是它讓我體認到，原來透過出書確實可以讓「文學、動物與社會」這門課的影響，拓展到學院以外。迄今六年間，我因此認識了更多同樣關心動物的人，他們的回饋成為暖心的支持。也因為這本書的「牽線」，《天下》雜誌針對這門通識課程做了專訪報導、TED×Taipei邀我以動物主題進行短講，之後我又陸續參與了包括二〇一八台北雙年展《後自然：美術館作為一個生態系統》在內，不少因出書而促成的演講活動。對於心心念念想改變動物悲慘處境的我來說，長年在動物研究上的成果，能觸及同溫層以外的地方，是始料未及的幸運。

但仍不得不誠實地說，「成也動物，敗也動物」好像是我的某種宿命？這些年透過撰寫動物倫理的相關書籍、進行專題演講，雖讓我得以實踐大學教師的社會責任，但在日常生活中，真實動物的遭遇卻常常令我揪心，不管是不時聽聞的動物慘況，或者是自己身邊動物的老病離世。目睹台灣社會的野保與動保更趨對立，野生動物與流浪犬貓的困境卻無緩解的時刻，我常感灰心；而摯愛的KiKi來不及過牠二十一歲的生日（我當年還在【作者序】中，慶幸高齡的牠仍陪在我身邊）、原本貌似健壯的小橘無預警被惡疾帶走（【〈光球貓〉裡的共感】後記中，像龍套角色般出現在文句中的牠，其實是我口中「千年一遇」的此生最愛），更使我不斷「遇溺」。

遇溺，是作家韓麗珠對於「無法向外界求助」「人只能獨自泅泳於凶暴的失喪之海洋」那種失去所愛之殤所做的精準形容。但我終究還是沒有在哀傷的汪洋中窒息，或許，就是因為在回望這段辛苦的、以幫助更多動物為使命的日子裡，總還有些足以讓我鼓勵自己游上岸的力量吧。而那些力量，弔詭地，也來自於不同處境的動物之殤。因為還有那麼多我看不過去或放不下的動物際遇，所以不能放棄努力，得把自己的體認化為文字、化為改變的契機。而這也是我爽快答應為增訂版再寫新作的另一個重要原因。

在「心情告白」之後，簡單說明一下增訂版選入賞析的文本：分別是卡夫卡的《變形記》與狄西嘉執導的電影《風燭淚》（*Umberto D*，又譯《退休生活》）。對於在「文學、動物與社會」的課程上曾「曇花一現」的這兩部作品，我在新增的第四章〈羈絆的奧義——無法／不願獨活的人類動物〉中以「沒有救贖的人類動物」及「被動物救贖的人類」為之定調。這當然不足以涵蓋它們豐富深刻的其他意義，但作為一本以動物為主軸的書，卻剛好可以凸顯因變成蟲而被人類拋棄，以及人因無法拋棄動物而存活這兩組相當戲劇性的對照情境。尤其是《變形記》（*Die Verwandlung*），當初因為考量通識課程的性質，課堂多半選取能延伸思考人與動物關係問題的短篇故事，篇幅較長又較為複雜的這部經典，只選讀過一兩次，就成了課程的遺珠。在卡夫卡逝世一百周年的此際，透過增訂版選擇他最知名的作品來評析，除了別具意義，對我個人來說，也算彌補了小小的缺憾。

最後，謹藉增訂版序言的空間，感謝在這六年間受邀到我課堂上演講的講者們：詹正德、陳玉敏、陳宸億、譚立安、羅晟文、胡慕情、張徐展、鄧紫云。[1]這門課從開課以來，就有幸邀請到許多專家學者，和我一起為減少動物的苦難而共同努力，也分擔了我教學上的苦難——讓學生們面對動物在社會上遭到的各種傷害，從來不是件容易的事，我常得目睹學生們因為上課聽聞了原先未知的動物殘酷而神情黯淡，有時也從他們口中聽到我不曾經歷的操作實驗動物、或是到收容所與保育中心擔任志工時的心情起伏。這些都讓我曾經忍不住因心情沉重，而開玩笑地說我要發展其他專長，要「另謀高就」開一門講的人開心、聽的人歡喜的課。

但是我依然持續開設這門不討好的通識課，也依然在這裡，一字一字敲打這些年來因為動物、因為出書或授課所感受到的點滴心情。儘管曾經堅信「念念不忘，必有回響」的我，現在比以前更常出現動搖的時刻，但我想，遇溺之後，我仍會繼續這樣，為動物而努力，在母親、姊妹與先生的守護下。

黃宗慧

二〇二四年十一月三十日

1 依應邀講課的學年度排列。已列於原版謝辭的講者們，則不在此重複。

後記：

辰元寄來一校稿電子檔之後，我始終沒有打開——因為【增訂版序】的標題。十四歲就走到腎衰末期的愛貓Kin獎眼看將離去，我實在沒有信心直面「遇溺歸來」的承諾。不忍讓牠被病痛折磨，也不願接受年初剛安樂小橘，年末又要送走Kin獎的殘酷命運。但終究艱難地選擇了放手。因為牠的痛比我的更重要。可以這樣愛著動物的我，未來還是可以負傷前行的吧？在離別到來前，我在Kin獎的身旁，打下了這段文字。

推薦序

發掘屬於自己與動物的關係脈絡

《白熊計畫》作者・羅晟文

八年前的秋天，開學不久的一個午後，一段巧妙的機緣使我走進了新生大樓二〇四教室。那是我第一次到外文系聽課，並不曉得「文學、動物與社會」課程會講些什麼，也很期待能不能讓我那僵化的研究所生活有些調劑。最初兩周，宗慧老師分別介紹了〈峇里島的雞為什麼要過馬路？〉與〈雨中的貓〉兩篇故事；我很驚訝原來文學能被分析得這麼精彩，而且可以和生活中曾接觸到的動物，或動物事件作對應思考——我未曾作過的思考。

第三周，當我還在想著前兩篇故事時，我們讀到了史坦貝克的〈蛇〉。故事中的女主角闖入了一位年輕科學家的生物實驗室，並下達了想買蛇、想看蛇吃老鼠等一連串命令，讓科學家難以招架。蛇女與科學家的對峙猛然喚起了我兩段埋藏許久的回憶。

國中一年級時，自然科學是我熱愛的科目；我想當科學家，也喜歡做實驗。當時學校有「獨立研究」的課程，我們必須自己找一個科學題目來研究一個學期。由於家住高雄，離海不遠，我和一位同組的朋友選了寄居蟹作研究對象。我們打算研究寄居蟹的選殼機制，或是牠們的視覺與嗅覺。那時網路搜尋引擎並不發達，而研究台灣寄居蟹的文獻也不多，我們不知道該怎麼開始。

隨後，我們很幸運地聯絡上一位研究寄居蟹的海洋生物學家；他十分熱心，也歡迎我們參訪他的實驗室。在實驗室裡，他和我們分享了他在潮間帶的研究、探險經歷，以及他整齊、潔淨的大規模實驗裝置，令我們大開眼界，十分興奮。當我們請教他關於研究選殼機制時該如何讓寄居蟹先暫時離殼，他說「用火焰稍微加熱貝殼尾端」，但要很注意，因為「有時一不小心，寄居蟹會被燒死」；而若要研究視覺、嗅覺的影響，為了控制變因，最簡單的方法分別是「剪眼睛」和「剪觸鬚」。我當時很錯愕，想了很久但終究沒有提出質疑，心想也許這就是專業科學家做研究的正確程序。

回校後，我們跑去問生物老師，她認同了海洋生物學家的說法。雖然我沒有故事中蛇女的霸氣，可以直接挑戰科學家的權威，但這段訪問讓當時我景仰「科學」的心，首次產生了些許動搖。最後我們決定不研究那些題目，改研究牠們的記憶能力，讓寄居蟹練習走迷宮。

第二段回憶同樣發生在我們的寄居蟹研究。有一回寒流來襲時，我在海邊採集了數十隻寄居蟹[1]，傍晚回室內時，我擔心夜晚太冷，所以調製了室溫海水給牠們。結果隔天早上，這群寄居蟹死了大半——寄居蟹是變溫動物，夜晚根本不應該用室溫海水；更讓我難過、懊悔的是，我竟然誤用人類的感官知覺來斷定另一個物種的感受，從而害了牠們。當時數個月實驗期間，我把寄居蟹當成我的寵物看待，許多甚至還取了名字；然而因為我的無知，最終實驗結束後，存活、放回海邊的寄居蟹並不多。

1　任意在野外採集生物會破壞生態，應與所屬管理機構審慎討論，並申請採集證。

這項在我國中時以科學之名進行的「動物實驗」給了我很多遺憾，但卻沒能記載在最後的科學報告中；隨著課業量增加，我回想起這件事的頻率也逐漸減少。直到讀了〈蛇〉，我才驚覺，如同宗慧老師在【一種寂寞，兩樣投射？】文末提及的那隻她不曾伸出援手的「雨中的狗」，寄居蟹事件在我心中，其實一直都沒有結案。

每個人的心底，可能都深藏了一些無法結案的動物事件或疑問；它們也許被封存了好一段時間，且值得被重新面對與思考——並非為了結案，而是持續探索事件背後的人與動物關係中，還存在哪些可能性。但如何催化、喚起這些思考？宗慧老師在文學的脈絡下，以短篇故事巧妙地映照了動物在當代社會中的許多面向。雖然這些故事本身並未試圖訴說任何動保理念，但讀完後，許多情節仍不時在我腦中繚繞，並允許我慢慢推敲出自己的提問與想法。

在「文學、動物與社會」課程結束後，我發現身邊不少修課同學也逐漸釐清了自己的定位；有的甚至投身第一線，親身協助動物。佩服之餘，我也不斷問自己：那我能做什麼呢？我會做什麼呢？我是否能將「獨立研究」轉化為視覺創作，探索動物問題？我相信，每個人都有其脈絡與專長，而《以動物為鏡：12堂人與動物關係的生命思辨課》正宛如一面明鏡，讓讀者有機會以多重的角度凝視、發掘屬於自己和動物間的關係。

羅晟文

二〇一八年九月十五日，荷蘭海牙

作者序

從一門課，到一本書

二〇〇六年秋天，在台大已經任教七年的我，才終於第一次開設了「文學、動物與社會」這門結合文學專業與動物關懷的課程。對我自己來說，這是一門我早就想教，但卻一再拖延的課，原因無他，只因為從還沒有《動物保護法》的年代就投身動保，常感心力交瘁，所以不想連教學也離不開動保，深怕這一切超過自己所能負荷。而那一年之所以下定決心不再逃避，其實是源於當時遭到的一個重大打擊。

當時我家的貓咪KiKi被診斷長了惡性乳腺腫瘤，需要動兩次大手術切除，其間牠所經歷的辛苦與疼痛，讓我沮喪到無法正常度日，每天只是勉強戴上老師的面具，一下課就急著回家，所有的時間都只想留給KiKi。KiKi比我勇敢多了，牠一天天復原，不像我，因為太害怕隨時可能來臨的失去，非常消沉，原本持續關切的動保工作，自然也完全停擺。

在我幾乎把所有時間都拿來照顧KiKi時，卻突然也有一絲自責——這世界上還有很多動物需要關心，難道我只愛我自己的貓，就不管其他的動物了嗎？我對動物的愛就只是這樣而已嗎？何況我用如此鬱悶的情緒來陪伴KiKi，敏感的牠難道不會感受到我的心情？這樣又真的算是對牠好嗎？

自我質疑之後，我找到的答案是，我要開一門與動物相關的課，不能再拖延。我心想，如果我能影響更多學生，就能幫助到更多動物，也能向自己證明：愛自家的動物和關心其他動物是不衝突的，我可以同時兼顧這兩件事情。當然，我更私心希望，正向思考與積極作為的正能量能回饋到KiKi身上。當時的心願，成真了。這門課，轉眼持續了十二年，而且我也依然有幸能繼續呵護從小貓變成了老貓的KiKi。

《以動物為鏡：12堂人與動物關係的生命思辨課》就是脫胎自「文學、動物與社會」這門台大通識課。但這本書所囊括的素材，除了課程曾選讀的短篇故事之外，還包括我在研究論文或演講中討論過的動畫與其他文學作品。不論上課或寫書，我所希望做到的，無非是讓更多人發現，這些文本不只是我們理解文學的路徑，更是導引我們重新省思人與動物關係的一面面鏡子。而為了不要只是單純地把課程內容形諸文字，除了【導論】與【尾聲】之外，我在本書每一節文章的最後，都與讀者分享了動保路上的心情點滴，有時是某隻動物烙印在心上揮之不去的畫面，也有時是種種自我質疑後的豁然開朗，希望對於有類似疑問的讀者能提供一些幫助，開啟關於生命倫理的不同思考。

還記得決定接下出版社提案邀約的那天，我聯想起《一千零一夜》。一千零一夜的故事因為太動人，說故事的王妃謝赫拉莎德不但自己免於一死，也讓無辜的少女們都不用再遭受嫁給國王的隔天清晨就被處死的命運。如果故事的力量可以如此強大，靠著重述海明威、卡夫卡、愛倫坡、孟若等文學名家筆下的經典故事，又借助米老鼠、愛力獅等動畫角色的魅力，說不定這本書也能稍稍改變動物的命運，讓牠們不會一而再、再而三地面臨各種無人聞問的殺身之禍？我有些貪心地如此盼望著。

然而從應允到成書，雖然沒有歷經一千零一夜，原本快筆的我還是花了兩年以上的時間。家有七貓二龜要照顧，又同時忙於教學、研究與動保，我有很多足以自我原諒的藉口，來拖延寫書這件事。在那些毫無進度的日子裡，編輯辰元一直耐心地等我；她有時讀著我臉書上張貼的動物送養訊息，關心著那個偏遠收容所的小貓是不是已經有人領養了？有時則向我推薦她認為很精彩或很紓壓的韓劇。她的默默等待，以及「關於動物的書越多越好，絕對不會不差老師這本」的強力遊說，讓我終於動了起來——我打開電腦，建立了一個「啟動新書」檔案夾，宣示著開始的決心。

然而寫了幾篇，我又停了下來。這次用的藉口是，「我上課都講過了，沒有更新的想法可以分享了！」這時，本書另一個重要推手，好友en的一番話，影響了我。她說，「周星馳的電影一年重播五百多次還是有人看，妳才講過幾次？對很多人來說，妳所講的還是全新的。」在這樣的提醒之下，我才終於好好地完成了這本早該為動物寫下的書。

當然，我並非設想單憑文字呈現的十二堂課就能窮盡複雜的動物倫理議題，但作為這十多年來課程的回顧與整理，希望這本書至少能算是交出了一張可以令自己與讀者滿意的成績單。更但願它能成為一個重要的開始：讓讀者們對動物有不同的想像、有更多的共感，從而讓更多動物的生命故事能展開不一樣的、不那麼悲慘的一頁。

謹以這本書，獻給對我而言最最重要的家人們。母親始終給我最大的包容——我這個女兒，每次回娘家都先關心動物才問候母親、花在動物救援上的金錢永遠比給她的家用多，謝謝她接受這樣的我。姊姊宗儀和姊夫紀舍從台大懷生社領養了前飼主照顧不當的幼犬多多，也在丹丹狗生的最後一段日子讓牠享受到家的溫暖，以實際行動支持著我的動保理念；妹妹宗潔是本書的第一個讀者，多年來我們不斷地透過各種管道為動物發聲，然後把這些為動物而寫的文字寄給彼此校閱，她是我動保路上戰力最強、永遠相挺的同志，也支持著不時有許多負面黑暗情緒的我。而在我救援與照顧動物的過程中，無役不與的另一位同志是先生彥彬，我們常在奔波前往動物醫院的路上，為了迷路的狗，生病的貓，或是受傷的鳥；因為有他的陪伴和支持，這一路少了心慌，多了溫暖。在我困陷於幫不了動物的無力感之中時，也是他提醒我：如果幫助動物，卻讓自己成為一個過得無比悲慘的人，那絕對不會是愛我的動物們所願見的。家人們最常看到我崩潰脆弱的一面，卻也總是相信我有足夠的強韌可以度過難關，我很幸運，他們能如此認同與理解我。

當然我還要感謝我天上的父親，他是影響我最深的人。當年他帶著幼小的我和姊姊散步時，對雨中的狗伸出援手的那一幕，讓我一直認為，幫助動物是如此理所當然的事。他不但教會我愛，也教會我所有愛動物的人都特別需要知道的一個道理——縱然與所愛終有分離的時候，但珍貴的回憶都會留下。所以，永遠不要害怕付出。

感謝從過去到現在與我相遇、相伴的動物們，你們照亮了我的生命。

黃宗慧

二〇一八年八月二十三日

目錄

第一章

愛，不愛？這樣愛動物，錯了嗎？

第二章

是想像，還是真實？論動物影像再現

第三章
邊緣的人遇上命賤的獸

導論

擦亮一面動物鏡子

文化研究者哈洛威（Donna J. Haraway）的著作《猿猴、賽伯格和女人：重新發明自然》（*Simians, Cyborgs, and Women: The Reinvention of Nature*）中，有句常被引述的名言，「我們擦亮一面動物鏡子來尋找自我」，說出了人們喜歡觀看動物、想從觀看中更了解人類自身的心態。她發現生物學家在研究猿猴時，也不免會想藉此更清楚地看見人類個人及群體的樣貌與歷史。但哈洛威也提醒，如果因為想更了解人類，而對人類以外的靈長類動物進行科學研究，這樣的研究帶來的到底是洞見還是幻覺，要看我們所建構出來的，是怎樣的動物鏡子。

其實，不只是動物行為學、生命科學、獸醫學等科學研究都在孜孜矻矻地建構動物鏡子，以反映人與動物關係，文學藝術亦對此深感興趣，因此在思考「人之所以為人」的問題時，往往會回看動物，以動物為鏡。

然而在動物福利觀念尚未充分發展、動物倫理研究仍屬冷僻領域的年代，面對人與動物關係時，不論科學還是文學，所強調的經常是人與動物之別。「人就是人，和動物不同」這種「X就是X」、不證自明的同義反覆（tautology），不時隱身於各種論述之中，於是人們始終活在自我中心的格局裡，人與非人動物的關係，也因此很難有宰制剝削以外的其他選擇。換句話說，在人類中心主義主導的情境中，縱使建構出用以尋找自我的動物鏡子，這面鏡子也只會像反映自我完滿幻像的魔鏡一般，成為哈洛威口中幻覺的來源。

問題是，「擦亮動物鏡子」這種文學比喻性的說法，具體而言真的可能實現嗎？如果透過各種科學方法與工具對動物進行觀察與研究，也未必能真正了解動物、進而觀照人類自身，那麼總是充滿不確定性、無意提供正確詮釋或標準答案的文學藝術，所能為我們舉起的動物鏡子，豈不更像是一面裂鏡，甚至是哈哈鏡？但或許正是這樣的動物鏡子，格外能讓我們發覺，原來「人」的形貌是如此曖昧，原來「人之所以為人」，從來不是一道不言自明的問題。

以英國作家歐威爾（George Orwell）的〈絞刑〉（A Hanging）來說，在這篇紀實散文中登場的狗，就充分顯現了動物鏡子的功能。著有《動物農莊》（*Animal Farm*）和《一九八四》（*1984*）等知名小說的歐威爾，曾在緬甸擔任過五年的殖民警察，而〈絞刑〉記述的便是他所見證的，即將受刑的犯人被押解到絞刑台之前的過程。他在文中特別著墨了發生於這段路程中的兩個事件，其一，是不知從哪冒出來一隻狗，因為發現了一群人而興奮不已，不但加入了行進的隊伍，後來更衝向死刑犯，跳起來想舔他的臉。

擾亂了隊伍行進的狗被制伏了之後，歐威爾轉而描述另一事件：儘管死刑犯的兩肩都被牢牢地抓住，但當眼前的道路出現了一個小水窪時，他還是試著避開，以免把腳弄濕。死亡在前，這看似無謂甚至荒謬的閃避卻讓歐威爾突然發現，原來在見證這一幕之前，他從來不曾了解，毀滅一個健康的、有意識的人，意謂什麼：「他並非奄奄一息，他和我們一樣活著。他身體的每個器官都在工作著——腸道正消化食物，皮膚正自我更新，指甲在生長，組織在形成——所有這一切都莊嚴而癡愚地辛勤運作著……他的雙眼和我們一樣，看著這黃色的碎石子與灰色的圍牆；他的大腦也一如以往般回憶、預見、思考，甚至是思考著眼前的這一小灘水窪。他和我們是共同行進的一個群體，同樣看著、聽著、感受著、理解著同一個世界，然而兩分鐘後，喀擦一聲，我們其中的一員就消失了，就此少了一個心靈，少了一個世界。」

對比於先前描述的，跟在隊伍旁邊歡鬧、彷彿不知人類世界的死刑是怎麼回事的狗，莫非歐威爾要提出的，只是笛卡爾（René Descartes）所謂的，唯有人類才有靈魂的主張？又或者是在呼應德國哲學家海德格（Martin Heidegger）所說的，只有人才會思考死亡為何物的看法？或許以動物的天真單純對照出「人是理性的動物」，確實是一種閱讀角度，但是評論家普蘭特（Bob Plant）卻曾提出另類的解讀，他認為歐威爾之所以先描寫狗遇見行進隊伍的興奮、想舔舐死刑犯的這段情節，是別有用意的：早在歐威爾驚覺，想避開水窪的死刑犯和他一樣都是活生生的生命之前，那隻狗就已經把眼前所有的人視為同一個群體了。歐威爾要等到目睹犯人避開水窪的那刻，才領悟到，不論是押解犯人的、還是被押解的，所謂的生命，就是在有生之年都依賴著這尊肉身，於是會不斷抵抗著肉身的脆弱性，即使只是弄濕了腳這種在死亡面前理應微不足道的脆弱性；而狗，彷彿比歐威爾更先認識到生命的共通性。[1]

這樣的詮釋方向饒有深意之處，其實不在於反轉了人與狗的地位，更不在於去推論狗實際上比人更睿智，而是印證了前述以動物為鏡的說法。如果沒有以那隻對他者抱持友善態度的狗為鏡，或許歐威爾就未必能照見，他們就是我們，「異己」和自己一樣，是生命。

正因為不論是「人之所以為人」的哲學思考，或是自我追尋的探問，都是不少文學作品念茲在茲的主題，因此我們總能在其中找到以不同方式映照出人類面貌的動物之鏡。而本書的目的，就是想透過不同形式的文學作品（也包括若干與動物相關的動畫）來證明，若能將這一面面動物鏡子拼湊起來，或許我們的視野就不會只看得見自己，不會是一成不變的單調侷限，而能看見動物、看見人與動物的共生，如何交織出如萬花筒般繁複的樣貌。

作為【導論】的這個章節，接下來要談的卡夫卡（Franz Kafka）〈致學院的報告書〉（A Report to an Academy）與羅德・達爾（Roald Dahl）的〈豬〉（Pig），就是相映成趣的兩面鏡子，分別反射出「像人的動物」與「像動物的人」。人類「萬物之靈」的美好形象在這兩部哈哈鏡般的作品中被打碎了，但人與動物倫理關係的建立，或許正是要從人類自戀幻像的破滅開始。

【上篇】 卡夫卡的〈致學院的報告書〉——「像人的動物」

卡夫卡〈致學院的報告書〉，是以一隻會說人話，四處巡迴演講的黑猩猩「紅彼得」為主角。他表示自己原本生活在黃金海岸，被捕捉上船之後，在運送的過程中為了逃離那個連轉身都有困難的囚籠，才不得不學習變成人，以便能找到出路；而整個故事，都是在講述這個從猿變成人的「進化」過程。[2] 有趣的是，在這個故事中，

1 可參考普蘭特的“Welcoming Dogs: Levinas and 'the Animal' Question”一文。

2 歷來的許多評論，都認為這個故事隱藏了卡夫卡對猶太人境遇的反思，但關於卡夫卡本人立場的

人與動物的界線從一開始就頗為模糊，不只是黑猩猩紅彼得能夠引經據典地擔綱演講，讓讀者看到動物的「人模人樣」，而且透過他口述的往事，我們會發現黑猩猩所仿效的人，也就是運輸船上的船員們，似乎比他還不像人，因為這些人的形象粗鄙、笨拙、低下，甚至充滿攻擊欲——基本上符合人們經常加諸動物身上的形容。換句話說，從一開始，卡夫卡就讓我們看到了人與動物之別，絕非涇渭分明。

此外，黑猩猩在演講中一直強調，自己並非對「變成人」感到興趣，甚至根本不認為人類比較高階、是值得他蛻變轉化的對象，他只不過是圖個「出路」才不得不變成人：如果當隻猿就會被認定該待在牢籠裡，那麼他只能選擇不再當猿。更有趣的是，所謂的「變成人」是什麼呢？黑猩猩對「變成人」的定義是：會吐痰、抽菸斗、喝完酒會摸著肚子，因為這就是他所見證的船員習性。其實剛開始時黑猩猩對於人類吐痰的行為感到費解——不像猿互相吐口水是為了幫助對方舔舐清洗自己的臉，人類彷彿會毫不在意地隨地吐痰——儘管如此，他還是在一開始就順利學會了這個他所觀察到的人類特色。

至於對他而言比較有難度的，是學人類喝酒，當他終於學會喝酒，並且在喝醉時發出了「Hallo」這樣的聲音時，船員們都非常興奮地認為他會說人話了，紅彼得也就這樣變成了「人」。看在黑猩猩的眼裡，學會吐痰喝酒就等於變成人，表面上這像是在諷刺這隻黑猩猩學藝不精、對何謂人類一知半解，但是猿變人的進化史竟被卡夫卡戲劇化地縮減為這麼短的歷程，這難道不更像是有意為讀者舉起一面（照妖）鏡，要我們重新去思考：人和動物的差別，真的像我們所以為的那般巨大嗎？

而黑猩猩說了醉話，就得以被人類的群體接受，這樣的橋段也點出了傳統哲學以語言的有無來思考人與動物之別的問題所在。倡議動物權利或動物福利時，時常遇到的質疑便是，人類無法與沒有語言的動物溝通，又怎麼可能為牠們的處境代言？法國精神分析大師拉岡（Jacques Lacan）在《文集》（*Écrits*）中，更曾以動物只有「符號」、人才有「語言」的觀點來作為人獸分界。他認為就算動物行為中存在著欺

詮釋則南轅北轍，有些人認為他藉變化為人的猿猴諷刺忘本的、一心想融入歐洲主流社會的猶太人，有些人則認為他其實是在控訴猶太人為了免於被迫害而不得不自我偽裝的命運；會有這樣兩極的詮釋，原因之一便在於卡夫卡原本就讓這個故事充滿了曖昧性。由於本書的焦點在於人與動物關係，因此僅以故事中人與動物間的曖昧分界為討論的重點。

敵與偽裝，但是沒有語言的動物頂多只能進行初階層次的假裝（例如透過擬態的障眼法來假裝自己不在場），人類卻擁有高階的假裝能力，可以「假裝在假裝」。我們只要想想那些在推理劇中頻繁出現的「諜對諜」場面，就不難明白拉岡在此想傳達的概念：犯案者明明說了實話，但卻透過故意說實話，讓對手以為自己說的是謊話，這種刻意誤導的「假裝在假裝」，就是拉岡認為人類所獨有的、比較高階的假裝能力。然而卡夫卡這個作品卻玩弄了人類對語言的推崇與堅持，彷彿是要透過黑猩猩那聲「Hallo」來質疑，語言的有無真能作為是人、非人最重要的判準嗎？若是如此，那麼就讓說出這句醉話的黑猩猩，瞬間升格為人吧！

事實上，這整部黑猩猩「進化」史不但質疑了人類的優越性，甚至也質疑了什麼叫進化，因為這則關於進化的故事裡，充滿了「退化」的意象，例如身體感官敏銳度的退化。黑猩猩不但承認變成人類之後的他，牙齒再也不如以前一般銳利有力，也表示失去了曾經靈敏的嗅覺。當然，在人類界定何謂進步、文明等價值時，這些身體與感官能力的鈍化恐怕算不上是退步，尤其從笛卡爾以來根深蒂固的心物二元論，更讓人們認為關於肉體或物質的面向都是比較低層次的，而智性和精神性面向才是值得追求的高層次。

於是，像是有意挑戰「我思故我在」這種對智性心靈的追求，卡夫卡讓紅彼得表示自己當初是靠著「用肚子思考」才想出了脫困的方法；不管是用肚子思考，或是搔抓、爬行、跳躍等意象，這些總是被等同於「動物性」、被劃分到二元關係中比較低階一方的身體面向，都不時出現在紅彼得的陳述中，提醒讀者去思考，對所謂動物性的打壓，是否正造成了人類無法坦然面對身體、面對性欲的現象？就像故事中的黑猩猩，因為曾脫下褲子展示他的槍傷，就被新聞報導貼上畢竟「猿性難移」的標籤，但這類標籤所透露的，恐怕是人類文明對身體與性的壓抑與深層恐懼。

故事中還有另一個細節，亦是對人類文明深刻的諷刺。黑猩猩在追憶他如何努力向學時，表示自己曾聘請五位老師駐守五間相鄰的教室，以方便他在進行積極的學習時，可以從一間教室跳到另一間教室，不斷穿梭，他認為透過這樣的學習，他終究符合了歐洲人的教育水平。如果在不同的教室之間跳來跳去就可以達到歐洲人的教育水平，那麼歐洲文明到底是怎樣的水平？另一方面，教育又是什麼？就像我們引以為傲的，自由的大學教育，會不會只像是提供給學生的大雜燴，讓他們在不同的教室之間跑來跑去，卻未必知道自己想學習的是什麼？越是深究故事中的這些細節，我們越會發現，卡夫卡要說的似乎是，人與動物的分界，文明與野蠻的區隔，其實相當模糊。

如果說卡夫卡是以文學的筆法，凸顯了人與動物之間的區隔是人類獨斷劃定下的結果，那麼美國動物研究者沃夫（Cary Wolfe）則是透過理論，把這種專斷的分界說得更為清楚。沃夫曾經在《動物儀式》（*Animal Rites*）一書中指出，我們的文化中存在著一套分類物種的方式，不單只是將動物這個類別一分為二地分隔出人類與其他非人動物，而是一分為四，共計有：動物化的動物（animalized animal）、人性化的動物（humanized animal）、動物化的人（animalized human），以及人性化的人（humanized human）。

在這四個類別中，「動物化的動物」和「人性化的人」，其實都是意識型態下的虛構。首先，這兩組詞都有頗為矛盾之處：如果已經是動物，為什麼還需要被動物化？同樣的，既然是人，又為何要強調人性化？沃夫進而表示，「動物化的動物」，指的是被我們歸類為「純動物」、賦予比較低等位置的動物。這種歸類之所以被視為必要，是因為足以合理化我們對這些動物的利用，像是實驗動物、經濟動物，都被認為只是「物」，因此就算是終結牠們的生命，要牠們為人類犧牲，也絕對稱不上是罪惡的行為。而「人性化的人」這個「純粹」的類別同樣是虛構。沃夫認為這根本是一個昧於現實、並不真正存在的類別。我們一般都覺得自己是「人性化的人」，但「人性化的人」，其實是人將某種被賦予神聖光輝的「人類特質」加諸人的身上，從而認為人擁有至高無上的主權。事實上人類本來也就是動物，在這個前提之下，如何可能有所謂「毫無動物性的人」呢？所以，純粹的「人性化的人」，畢竟也只是虛構的產物。

至於「人性化的動物」與「動物化的人」這兩個類別，依然是人類文化的產物，只是為了方便我們去界定與某些人或某些動物的關係而已。所謂「人性化的動物」就是一般所稱的「寵物」（隨動保觀念的進步，現在傾向於使用「同伴動物」這個詞彙），我們揀選出這些陪伴在身邊的動物，讓牠們成為免於為人犧牲的一群（這樣的一種「選擇」是否有其問題？本書後續的章節將就此加以討論）。而「動物化的人」，則專門用來指涉那些我們認為的異類，凡是人類文化認定為兇殘粗野的、乃至任何可能提醒我們自身「動物性」特質的（甚至只是與身體面向有關的特質），都可能被我們視為「動物化的人」。簡言之，我們不齒與之為伍的人，往往就被賦予了「獸性」，被歸到這個類別裡。

然而，動物化的人，真的與「我們」完全不同、是可以楚河漢界地劃分清楚的「他者」嗎？卡夫卡筆下的紅彼得因為有了語言，就從「牠們」跨進了「我們」的領域，那麼「我們」也隨時可能成為「牠們」嗎？達爾的〈豬〉裡「像動物的人」或許可以回答這個問題。

【下篇】 達爾的〈豬〉——「像動物的人」

達爾所著的《巧克力冒險工廠》（*Charlie and the Chocolate Factory*）與《飛天巨桃歷險記》（*James and the Giant Peach*）都是家喻戶曉的「童書」——雖然號稱是兒童故事，但他的風格其實一逕地充滿詭異的氣氛，〈豬〉這個短篇故事也是如此。

故事的主角萊辛頓自小父母雙亡，由吃素的姑婆葛洛斯潘養大，姑婆沒讓他去上學，選擇自己教育他，也因此他可以說是完全沒有經歷社會化的過程。而姑婆首先對他進行的教育，就是教他烹飪，因為姑婆認為吃素的人飲食上的選擇不多，所以建議他最好學會自己作菜。故事因此花了不少篇幅描述萊辛頓對廚藝如何感興趣、如何大展長才。但是這種平靜的日子並不長久，姑婆過世之後，為處理後事，萊辛頓接觸了草率開立死亡證明的醫生、騙走他大筆遺產的律師，連去餐廳點餐，都會碰上沒有職業道德的服務生以及最終將他導向屠宰場的廚師。換句話說，從他踏出自己成長的小空間，進入大都市之後，就展開了一連串被誆騙的際遇。

萊辛頓的不幸命運，可以說是從他走進一家餐廳想點一份素食餐點開始。服務生表示無法提供他要的素食，目前只剩下「豬肉」(pork)，但他既沒聽過這種食物也沒吃過，甚至不知道pork就是豬的肉，餓極了的他於是就吃下了豬肉，並且因為豬肉的美味而大感驚喜，也在這時他才從服務生口中得知自己吃的是豬，這讓他更不解何以姑婆過去會告訴他美味的肉食是血腥噁心的。為了想了解如何能料理出這樣好吃的食物，他從廚師口中打聽了地址，決定自己到屠宰場參觀、學習殺豬。

而故事就由此急轉直下，讓讀者毫無心理準備地面臨跟主角一樣吃驚的狀況。萊辛頓前一刻還在觀賞豬隻如何被趕進鍔豬圈、如何被鐵鍊勾住倒掛，並且稱讚掙扎跳動的豬相當靈巧，下一刻卻是自己的腳被勾住，被倒吊起來割喉放血。[3]而在失去意識之前，萊辛頓看到前面某隻被扔進熱鍋的豬，竟戴著白手套，這暗示了先前等待著入場的另一位參觀者也一樣被當成豬來屠宰了：「我們的主人翁突然感到非常睏，可是一直等到他那顆強而有力的心臟把最後一滴血從身上打出來之後，他才離開了這個所有可能的世界中最好的一個，進入到下一個世界。」故事就結束在人豬不分，都難逃被宰命運的這一幕。

這個令讀者錯愕甚至不安的故事，難道是要為被屠宰的動物出一口氣，彰顯某種「詩的正義」(poetic justice)，讓惡有惡報嗎？萊辛頓雖然把待宰豬隻的掙扎形容為令人著迷的過程，在輸送帶上的豬因折斷腿骨發出喀拉聲時，他也輕易接受了導覽員的說法，認為反正不吃骨頭，不用在意豬受傷受苦的事實，但若要說這是「罪有應得」，恐怕又言過其實。而若將這個故事視為是以黑色幽默的警世方式來倡議素食，也有難以自圓其說之處，因為達爾筆下這位吃素的「老處女」「老姑婆」，不但孤僻古怪，而且自我感覺過於良好：吃奶蛋素的葛洛斯潘看似奉行素食主義，嚴厲指責吃肉是噁心殘忍的行為，並認為自己以牛奶、雞蛋、起司，蔬菜，堅果等維生，所以沒有任何一種生物會因為她而遭到屠殺，「連蝦子也不例外」。但不認同「魚素」[4]的葛洛斯潘，所養的母雞因為不斷生蛋而「在盛年就過世」時，她也只是「傷心得差點放棄吃蛋」，言下之意，自然是她畢竟沒有因此而改採全素，這樣的描述彷彿是要諷刺葛洛斯潘和魚素者是五十步笑百步。

3 達爾所描述的非人道屠宰過程並非虛構，甚至相當程度上很寫實。台灣過去喜愛消費溫體豬肉而非電宰豬肉的習慣，也曾使得非人道屠宰的現象充斥，可參考台灣動物社會研究會二〇〇〇年時所做的相關調查報告。

4 英文中的魚素（pescetarian）一詞即指我們一般所稱的海鮮素。《吃的美德：餐桌上的哲學思考》（*Virtues of the Table: How to Eat and Think*）一書的作者朱立安·巴吉尼（Julian Baggini）曾將受苦（suffer）與痛（pain）區隔開來，表示雖然所有具備中樞神經系統的動物都感覺得到痛，甚至某些甲殼動物也是，但受苦是指一段時間的痛苦，是累積加深的痛苦，需要某種程度的記憶，若依這個標準，不少動物就會被排除在「能受苦」的範圍內，例如蝦子就被他認為神經系統太低階，未必能體會到他所謂受折磨的感覺。不少奉行海鮮素者也是持類似的看法。

以達爾一貫的行文風格來說，與其說在此達爾有意點出食用奶蛋也可能造成對動物的傷害，不如說更像是要嘲弄素食者的自以為是。更何況，葛洛斯潘對萊辛頓所做的那番「肉食噁心又殘酷」的諄諄教誨，在萊辛頓第一次嘗到肉的滋味時，就立刻被拋諸腦後，完全起不了作用。這是否也暗示著達爾認為，一味譴責肉食，並不能說服別人跟著吃素？

當然，作者的真正用意永遠難以證實，不過讀者的反應卻是頗能預期的——不少讀者都因達爾這樣的情節安排，而不得不省思自己閱讀故事之後的不安與不快從何而來。是因為人不應該那樣被屠宰嗎？那麼豬就無所謂嗎？故事標題的「豬」，又只是指屠宰場中真實的豬嗎？還是也暗指了萊辛頓本人？除了他莫名其妙地被屠宰的遭遇與豬無異，他的行為模式也符合傳統對於豬的偏見，貪吃又愚蠢：畢竟他最終會被屠宰，是因為他覺得豬肉好吃，他選擇讓他的味蕾，而不是頭腦，主導了他的行為；換句話說，他被寫成了一個像豬的人，是沃夫的物種分類中「動物化的人」。

如前所述，通常動物化的人，就是從人性化的人這個類別被排除出去的，也因此他們就算遭遇了和動物一樣不堪的處境，一般人可能也覺得無所謂，甚至如果是犯下「獸行」的罪犯，被當動物般對待還可能被認為是大快人心之事。但是萊辛頓的下場卻讓讀者不安，差別在哪裡？原因或許在於，他暴露了先前將人與動物一分為四的做法其實相當粗暴武斷。就像被歸類為「牠們」的萊辛頓一樣，其實我們有時也可能以追求感官滿足為優先，難道這樣的我們就應該被動物化，被視為「縱欲」？我們也可能因為不夠社會化而缺乏判斷力，難道只因為不夠聰明，就活該被屠宰？那麼智力發展有限的人和動物，都不具有活下去的價值嗎？

這則故事可能挑起的種種疑問，讓評論者認為，故事的核心關懷並不是吃素或吃肉的問題，甚至達爾可能也不是要批判屠宰場，他只是以極端的結局，向讀者提出了非常根本的、攸關存在的問題：人到底是什麼？我們該如何去思考與界定「人之所以為人」和「人的存在本質」？為什麼我們覺得豬被屠宰是理所當然的，人被屠宰卻如此驚悚？而當我們發現過去慣用的回答——「因為人不一樣」，因為「人就是人」的說法——其實並沒有辦法解決故事所帶來的困惑時，就開啟了深思的可能。

主角雖身為人也無法免除被宰殺的命運，這樣的安排，會迫使我們更進一步去追問，「人有絕對優越的地位、有至高無上的主權」這些預設是怎麼被合理化的？「像豬的人」「動物化的人」就可以被任意對待嗎？是否人一旦不符合「人性化的人」所要求的某些特質、不具有某些能力，就會如動物般變成一個完全的他者呢？當這個故事如此輕易地把人當成豬一樣下鍋處置掉時，從人的存在本質，到「為什麼食人（cannibalism）是禁忌」這些問題都可能浮現。如此，這個丟出了許多問題但並不提供解答的故事，透過了豬——不論是那隻萊辛頓口中靈活的豬，還是被當成豬的萊辛頓——為讀者舉起了一面必須努力擦拭才看得清楚的動物鏡子。

如果不擦亮一面面動物鏡子，我們將看不見人的動物性、看不見動物也可能有所謂的人性，看不見存在於人與非人動物之間的曖昧界線。過去既已有這麼多文學作品足以反映人與動物關係的糾結與幽微，本書因此希望透過對這些作品的再閱讀，和讀者一同以動物為鏡，思考人與動物之間更具倫理可能的相處與共生方式。

除了【導論】與【尾聲】之外，本書共分三章。第一章〈愛，不愛？——這樣愛動物，錯了嗎？〉主要的重點在於重新省思一般對於動物保護運動常有的懷疑或誤解，包括吃肉的人有資格談動保嗎？動保是不是「貓狗保」？與同伴動物之間的情感羈絆是不是人際關係失敗下一廂情願的投射等等。第二章〈是想像，還是真實？論動物影像再現〉則是透過以動物為主角的動畫，討論當動物或擬真、或失真地以不同面貌出現在這些影片中時，對於動物保護運動的意義是什麼？擬人化的呈現必然是對動保的反挫嗎？或是透過動畫可親的形式，也能讓與生態保育相關的議題觸及大眾？第三章〈邊緣的人遇上命賤的獸〉則試圖為人與非人動物之間被蠻橫專斷地劃開疆界的現狀尋找出路。在討論動物保護的議題時，一大困難就在於對許多人來說，人的問題都解決不完了，哪有餘裕顧及動物，為動物發聲？動保因此不時被譏為「率獸食人」，而「非洲難民」「沒有營養午餐吃的學童」這些弱勢者的問題也總在這種情況下被提出來。討論動物福利就真的會影響人的權益嗎？弱者之間需要比較「誰更弱」嗎？如果懷抱著這樣的心態，又會造成什麼結果？這些問題都是第三章在切入文學作品時主要的觀照角度。

至於以《愛麗絲夢遊仙境與鏡中奇緣》來作為全書【尾聲】所解析的作品，除了因為其中豐富多樣的動物意象本就值得深入探討之外，也因為《鏡中奇緣》結束在愛麗絲饒富趣味的「對貓彈琴」「貓言貓語」：即使她的貓兒們只是自顧自地舔著爪子，愛麗絲還是一會兒說要朗誦詩歌給貓聽，一會兒又向貓提問「到底做夢的是誰？」彷彿他們能夠聽見彼此的聲音、可以溝通；這種打破人與動物界線、與動物共生共存的美好看似只是童趣的想像，但是如果我們願意順著文學中的動物帶我們走過的這條小徑往下探索，對人與動物關係做更深刻的思辨，或許就會發現，即使走出鏡中奇幻世界，依然可能具有傾聽動物心語的能力。[5]

5 此處借用患有高功能自閉症的畜產學學者天寶．葛蘭汀（Temple Grandin）的 *Animals in Translation* 一書之中譯書名，《傾聽動物心語》。葛蘭汀的案例一直是動物研究以及失能研究領域所不時提及的。她的「疾病」曾讓她在正常人際溝通中受挫，但卻給了她體會「牛的觀點」的可能，她不能以所謂正常的方式感知世界，但她的圖像式思考、對氣味與聲音的敏感，反而讓她設計出可以減輕待宰動物壓力的許多畜產業相關設施。

【第一章】

愛，不愛？
這樣愛動物，錯了嗎？

一個非素食者的倫理省思——
〈峇里島的雞為什麼要過馬路？〉

凡是有心關注動物倫理議題的人，一定對於「動物保護者是否理應吃素」這樣的提問不陌生，特別當動物保護的行動往往又是以人類身邊的動物（即【導論】所論及的貓狗等「人性化的動物」）為起點時，更免不了招致如下的質疑：「為什麼只關心貓狗？牛羊雞鴨豬就不可憐？只關心某些物種，難道不是選擇性的仁慈？一面吃肉一面說愛動物，難道不是偽善？」而如果投入動保的人本身其實也關心經濟動物福利、甚至支持全素，質問也只是換成「難道植物的生命就不是生命？」而已。

事實上，這些疑問不只出自於對動保不以為然者，想為動物保護做點什麼的人也可能如此自我質疑：「如果關心的物種有順序之別、如果不能一視同仁地善待所有的生命，是否就犯了雙重標準、邏輯不一致的毛病？」

其實不管是動保與素食的關聯性、或是只關心部分物種是否就是「選擇性仁慈」甚至「偽善」，這些議題都早已有許多動物研究相關的專書深入討論過。[1]值得玩味的是，儘管如此，類似的質問聲似乎從來沒有減弱過。

究其原因，到底是因為沒有一套足以讓人信服的倫理論述，能夠幫助我們思考上述的問題，還是人們對於邏輯一致的要求真是如此不可讓步？又或者可能如《深層素食主義》（*Deep Vegetarianism*）的作者傅可思（Michael Allen Fox）所推論的，那些要求他人在道德上達到百分之百一致性卻不太自我要求的人，其實是無法面對自

1 如強納森・薩法蘭・佛耳（Jonanthan Safran Foer）的《吃動物：大口咬下的真相》（*Eating Animals*）、巴吉尼的《吃的美德：餐桌上的哲學思考》、哈爾・賀札格（Hal Herzog）的《為什麼狗是寵物？豬是食物？：人類與動物之間的道德難題》（*Some We Love, Some We Hate, Some We Eat: Why It's So Hard To Think Straight About Animals*）、梅樂妮・喬伊（Melanie Joy）的《盲目的肉食主義：我們愛狗卻吃豬、穿牛皮？》（*Why We Love Dogs, Eat Pigs, and Wear Cows: An Introduction to Carnism*）等等，不勝枚舉。

己「良心上的不安」？也就是說，會不會有許多人即使心裡知道，動保所提倡的諸如減低對動物的利用、剝削與傷害，至少並不是壞事，但依然擔心若是認可這樣的立場，就可能對自己的生活習慣造成衝擊與不便，因此寧可選擇以「人活著就不可能不殺生」「動保做不到邏輯一致地對待所有生命，所以是一種偽善」等理由，全盤否定動保的意義？[2]

若是如此，面對這個看似關於邏輯的問題，或許我們需要的解方未必是更多的哲學論辯，而是一種能更誠實地面對自我的態度。例如非裔美籍女作家沃克（Alice Walker），就透過〈峇里島的雞為什麼要過馬路？〉（Why Did the Balinese Chicken Cross the Road?）一文，面對了自己作為一個真心在乎動物的非素食者，曾經感受到的徬徨、迷惘與了悟。

〈峇里島的雞為什麼要過馬路？〉是一篇看似平淡無奇的散文，描寫了沃克在峇里島時看見一隻母雞所引發的種種隨想。一面帶著三隻小雞找食物、一面領著牠們過馬路的這隻母雞，竟讓沃克不禁與牠產生了認同的情感，她不但揣想著牠的「身世」，也細細觀察牠的身形姿態。沃克度假結束後，擔任編輯的友人瓊安向她邀稿，希望她談談峇里島之行，她卻不知該如何告訴對方，她想寫的不是峇里島的風光、習俗或食物，而是她與母雞的認同。沃克認為她的編輯應該無法理解這種看似奇特的選擇，何況，「瓊安應該有吃雞肉吧？我猜。」

如果只看到這裡，或許讀者會猜測沃克要強調自己作為素食者或愛護動物者不被理解的孤單。然而沃克讓人驚訝之處在於，她緊接著說的是，「我也吃雞肉。」前一刻還心心念念想刻畫母雞的驕傲、個性、意志，結果她自己卻吃雞肉？那麼沃克該如何解決這種衝突呢？答案是，她沒有辦法解決。

她只是誠實地述說著自己如何嘗試更理解動物權運動、思考著自己能否完全禁絕

---

2 事實上，《吃的美德：餐桌上的哲學思考》一書的作者巴吉尼也認為，「不殺生」的理由確實很容易站不住腳，因為世界上沒有適用於萬物的「生命神聖不可侵犯」原則，而人人心中都可能自有一條決定何種生命不可侵犯、何種生命為了人類可以被剷除的界線。但即使如此，這也並不意謂我們對其他的生命就沒有道德義務，而是每個人都應該思考自己「可殺／不可殺」的判斷標準何在、那條界線又是怎麼畫下的。至於巴吉尼自己的判斷標準，則是生物的知覺程度。換句話說，他是以「受苦」程度作為判準，可參考【導論】註4。

肉食，並逐漸以海鮮與蔬食為主食；但她也不得不承認，總是有某些時刻，一根雞腿或是一片火腿，不知怎地就進了她的嘴裡。在峇里島，她甚至還吃了雞肉沙爹。沃克坦言她覺得自己恐怕永遠當不了純粹的素食者，而她所陳述的困境，對許多曾嘗試奉行素食主義卻失敗的人來說，應該也相當熟悉：有些肉食和童年、家鄉的味道是連結的，讓人難以戒除，而招待朋友用餐時若堅持以蔬食招待，則可能引來對方的不快。還有，當肉食與在地文化甚至傳統產生連結時，如何權衡「動保VS.傳統飲食文化」這種問題？又如何選擇吃素但不影響人際關係？這些動保實踐上必然碰觸到的矛盾問題，沃克都在文中一一道來，卻沒有給出解答。

然而這看似沒有太多建設性的「告解」卻出現了轉折，沃克又再次令人驚訝地導向了自我肯定的結論——既然自己的飲食有百分之九十都是非肉品、非奶製品，這已經和原本被教導「吃肉乃天經地義」的自己完全不同了。沃克所傳遞的訊息是，面對吃肉這件事，「態度」的差異是有意義的——即使無法吃素，至少不應該理所當然地吃、不在乎肉品生產的過程殘酷與否；而少肉的飲食方式對推動友善動物而言也還是有意義的：「也許，如果牠們知道或在意的話（而我就是知道牠們是知道的、是在意的），我的雞和魚姊妹們——我在這星球上的同路人們——也會對我這樣的努力給予肯定。」沃克這樣告訴自己。

是嗎？無論如何都還是被人吃掉的這些「雞和魚姊妹們」真的會肯定沃克這種「能做多少算多少」的努力嗎？「我懷疑。」前一段剛下定決心肯定自己，下一段又見沃克如此幽幽地說，無比誠實地面對了自己的掙扎。

不過儘管沃克到最後仍不確定她的掙扎是否會有個盡頭，她還是選擇這樣思考：「我永遠無法**不**知道我所**看見**的雞是我的姊妹（視牠為姊妹和一般用語中『妳們這群小雞（小妞）』的意義是全然不同的），而牠對牠孩子的愛絕對與我對我孩子的並無二致。」雖然沃克終究無法用「知道」那麼篤定的口氣，說自己確信雞是自己的姊妹，而只是用雙重否定「無法不知道」，來表示她想要如此相信，但是她至少「看見」了一般人看不見的雞——看見了雞在成為人的食物之前，作為一個生命的樣貌。

至於峇里島的這群雞到底為什麼要過馬路？沃克最後嚴肅地回答了「雞為什麼要過馬路？」這個哲學上的腦筋急轉彎。[3]她說，「為了試著讓我們都到另一邊去。」這裡的另一邊，已經不是馬路的另一邊了，而有某種被動物渡化到另一境地、從而能理解更多、看得更遠的意涵。當人自以為是萬物之靈，把人和動物分隔在疆界兩端時，往往變成眼裡只看得到自己，也無法和任何物種共處。但其實不論是峇里島的雞、或任何一隻不期而遇的動物，都有可能正以牠的存在，彰顯著某種關於生命的課程，足以帶人跨到另一邊，不再劃地自限。

沃克在文章最後說，「其實問題並不在於獅子和綿羊能否有和諧共處的那一天，而是人類到底願不願意和任何的生物，或是說存有（being），和諧共處。」或許有太多的時候，我們害怕被批評對動物不夠友善、被指控對動物進行太多剝削，於是急於防備、急於拿出「獅子還不是會吃綿羊？」這樣的理由來替自己辯駁，以便合理化人類對動物的各種利用。

但沃克並不然，她誠實地面對了自己的掙扎及「邏輯不一致」。她的反思或許能說服一些人，也或許不能；甚至沃克恐怕也無法迴避自己在生活中不時要遭受的自我質疑，但是願意誠實面對自己的詰問並且去省視這些問題，就是倫理的開始。畢竟任何倫理的決定都是艱難的，而每一個自我質疑的瞬間，都可能攸關倫理的思考。

事實上，倫理行動也並沒有一套不變的守則可以遵循，而是要因應不同狀況做出決定，換句話說，「邏輯的一致性」對倫理的實踐並沒有太多助益，而邏輯不一致亦不能等同於偽善。面對邏輯一致的訴求，美國學者奧力佛（Kelly Oliver）就曾在《動物課：牠們如何教導我們成為人類》（*Animal Lessons: How They Teach Us to Be Human*）一書中，依循了法國哲學家德希達（Jacques Derrida）的解構路線，反過來指出一體適用的道德標準如果真的存在，人豈不是很反諷地變成了「計算機」：一般在強調人與動物之別時，常用的標準是，只有人能回應（respond），動物只能反應（react）[4]，也就是依循笛卡爾心物二元論、動物如機器、動物沒有靈魂等說法，

3　這個類似冷笑話的問題，答案就是「因為牠要到另一邊去」，笑點在於雖然答案顯而易見，我們卻可能誤以為這是道難題而期待有更複雜的答案。而假設不同思想家，如沙特（Jean-Paul Sartre）、柏拉圖（Plato）、馬克思（Karl Marx）等等，會如何回答這道問題？就成了腦筋急轉彎式的練習，網路上也很容易搜索到許多由此不斷衍生的搞笑答案。例如認為愛因斯坦（Albert Einstein）會回答：「究竟是雞過馬路，或是馬路過雞，取決於你的參考座標。」又或者認為孔子會說：「未知人，焉知雞」，惠子則會說：「你不是那隻雞，怎麼知道那隻雞為什麼要過馬路？」

4　【導論】中曾提及的海德格，即是以回應與反應之別區隔人與動物的哲學家之一。他曾以被割開腹部的蜜蜂卻還會一直吸花蜜的這個實驗，來說明動物只能按照本能來反應；他認為蜜蜂不但無法

認為動物就算有一些反應，也是像機器按照程式指令動作一般，不像人的回應是涉及心靈、靈魂的，是更複雜的。既然如此，為何談到動物倫理的議題時，我們又認為需要有一套放諸四海皆準的守則，讓我們知道在什麼狀況下要做出什麼反應才是正確的？

如果倫理只是照表操課的「反應」，人豈不也只是按預設的程式來運作的機器、是精密估算百分百一致性是否存在的計算機？當然奧力佛的重點並不在於詭辯，而是要體現西方動物研究中越來越普遍認可的「回應的倫理」（responsive ethics）這種觀點：回應這個字和責任（responsibility）之間是有關聯性的，願意對他者做出回應，就是擔負了倫理的責任。而每一個倫理的決定都是取決於具體情境的（contingent），個人在當下某個處境，面對某隻動物時，所決定的最好的對待方式，就是一種倫理的回應。

這樣來看沃克的這篇散文，會發現這並不是一篇沒有建設性的「一個關心動物的非素食者的告解」，而是對她在峇里島遇見的雞所做的最真誠回應：看見牠之後，透過自己的筆，讓更多人看見動物。那一天，峇里島的雞顯然帶著沃克，跨到了另一邊，跨到願意承認動物與人同為地球過客的那一邊。

・・・

沃克的這篇文章，是我在動保路上的前輩，《動物解放》（*Animal Liberation*）中譯者錢永祥老師介紹我閱讀的。初讀便有「相見恨晚」的感覺，或者更應該說是

察覺到蜂蜜已經多到流出來了，甚至無法察覺自己的腹部不在了，可見動物在牠所在的環境中會有怎樣的行為、會如何被外在刺激誘發行動，都是固定的，沒有所謂「採取行動」的可能，就像他舉例說明的蜜蜂一樣，面對食物，就無法抑制攝食的行為。但加拿大學者莫利斯（David Morris）就曾反駁過此說，他認為被割開腹部的蜜蜂已經不是常態的蜜蜂，是實驗者特地準備出來的例外，常態下如果蜂蜜已過多，蜜蜂是會飛離的，所以用這個特例來做推論是有問題的；就像如果人沒有痛覺，很可能就會失去認知危險的能力，但我們卻不能以「沒有痛覺的人」這樣的特例來證明，人普遍沒有認知危險的能力。此段討論亦引自前述奧力佛的《動物課：牠們如何教導我們成為人類》一書。

找到救星的感覺吧？因為作為一個長期關心動物、盡量少肉飲食、家裡還曾經養過一隻「流浪雞」的人，我卻始終沒有成功「戒除」雞肉。

說戒除好像對雞肉有癮似的，其實也並非如此。只是我對牛羊豬肉可以輕易說不吃就不吃，但雞肉和雞蛋，卻像沃克文中的措詞一般，有時不知怎地就進了嘴裡。也許是因為這樣的愧疚，我從來不點「親子丼」。先生問我，「難道妳認為命名為『滅門丼』會比較好嗎？」我知道餐飲業不可能這麼傻，但還是覺得這欲蓋彌彰的「刻意溫馨」，讓於心有愧的我分外不自在。

這樣的我，在讀到「也許，如果牠們知道或在意的話（而我就是知道牠們是知道的、是在意的），我的雞和魚姊妹們——我在這星球上的同路人們——也會對我這樣的努力給予肯定」時，自然得到了一些慰藉。而這篇文章也就成為我「文學、動物與社會」開學第一堂的指定教材，因為我得先讓學生了解，這樣的「隨緣素」，是我在動保實踐上目前所選擇的立場。我會希望，如果他們相信這樣的「邏輯不一致」不代表我在動保其他層面的努力是偽善，再來選課。

當然，我也和文中的沃克一樣，時而肯定自己，時而懷疑自己「為德不卒」，甚至，我曾揣想錢永祥老師是否因為知道我並沒有吃素，才推薦我讀這篇文章、期望我能從中得到一些啓發？這樣的疑問在一次通信中得到證實。某次我慚愧表示目前仍無法吃純素，頂多只做到「量化的素食主義」——能吃素就盡量吃素，多一餐素算一餐，錢老師回信說：「世界極不美好，人類的苦難與相互折磨豈有寧日？何況動物的苦難，更不可能終結的。我大學時流行一條歌，有一句名言曰『I never promised you a rose garden』。我有時驚悚地意識到，人性之惡如此明顯深刻，我整天卻假定人們相互可以為善，是不是有點荒唐、有點鴕鳥？可是如果我不理想主義一點，則虛無與犬儒進襲，我豈會覺得還有任何可為之事？那樣子癱瘓的情況，又有利於誰？所以，一個人可以『取法其上，得乎其中』；我自己則取法其下，希望容許更多的人為惡之餘可以順便作點善事。在這個意義上，量化素食主義、友善農業、人道屠宰，都有點意義的。『半吊子』有其必然，列寧都不例外的。行動者必定半吊子。只要有半吊子，這世界就還有一點點理想主義的可能。」

半吊子的我，於是又稍稍能肯定自己一點了。徵得錢老師的同意後，我把這段文字放在課程投影片上，果然，也讓不少非素食但又有志動保的同學，因此豁然開朗。

當然，我還是期待有一天，可以把自己在理論與實踐上的某種斷裂處理得更好，但在這之前，我還是會心懷虧欠的，繼續為我的雞和魚姊妹們，做我能做的事。

中產階級的可愛動物保護主義？毛利作家葛雷斯的〈蝴蝶〉

出生於紐西蘭的毛利作家葛雷斯（Patricia Grace），作品中常透露出對於後殖民議題的關懷，例如控訴「殖民者」（colonizer）如何自居「移居者」（settler）以粉飾太平、淡化對於原住民毛利人的壓迫，就連一則看似與此主題無關的極短篇〈蝴蝶〉（Butterflies）也不例外。[5]這則故事一開始呈現的畫面，是一個隔代教養的家庭中，祖父母與小孫女間的溫馨日常互動。祖母替孫女編髮辮、交代她到學校一切都要照著老師說的做；祖父則在送她出門時，得意地告訴鄰居，他的孫女已經開始上學

5 本書第三章將會析論她另一篇對殖民者控訴更為犀利的作品〈蒼蠅〉。

了，而且非常聰明，會把每天的生活都寫下來。最後，還不忘再次叮嚀孫女要聽老師的話。

當孫女回家後，祖父母立刻問她今天寫了些什麼，孫女唸道：「我殺了所有的蝴蝶。」她指著自己的畫圖日記解釋，「這是我，這是所有的蝴蝶。」當祖父母追問這則日記有沒有得到老師的肯定時，小孫女卻說不知道，因為老師只是說：「蝴蝶是美麗的生物。在陽光下牠們孵化，飛舞。牠們拜訪所有美麗的花。牠們產卵而後死亡。別殺蝴蝶。」面對迷惘的孫女，祖父母沉默了許久，最後祖父開口了：「妳知道的，那是因為老師的高麗菜都是在超市買的。」

透過這個只知道照本宣科的老師，葛雷斯很技巧地批評了居於權威地位、不懂人間疾苦的殖民者。老師絲毫沒有追問小女孩為何要殺蝴蝶，更不會想到要幫忙農務的她，是怕蝴蝶產卵會造成蟲害影響收成，才需要做這件事。在這個故事裡，葛雷斯的立場非常明確——真正的睿智者，其實是雖然一開口英文文法就有錯，卻能適時開解孫女的祖父，而不是自視比較文明、對原住民抱持「教化使命」的殖民者。

這則故事顯然不是為宣揚動物保護的理念而寫的，因為老師的那句「別殺蝴蝶」

非但不是金科玉律，反而透露了老師關心蝴蝶卻不關心學生。換句話說，老師的形象與許多人對動保人士的刻板印象頗為雷同：喜歡唱高調、只顧動保理念卻無視保護蝴蝶將如何衝擊學生家裡的生計。特別是她認為不能殺蝴蝶的理由，竟然是因為蝴蝶很美麗，更符合了不少人對動保的看法——很多人口中的動保不過是「可愛動物保護主義」，而更極端一點的批判則是，動保只是有錢有閒的中產階級人士為了「自我感覺良好」而從事的運動。

那麼上述的看法，到底算不算一種成見呢？所謂的動保確實侷限在可愛動物上嗎？動保是否「率獸食人」地忽略了有些動物就是會對人類利益造成損害？動保和社會階級又真的有密不可分的關係嗎？葛雷斯的故事雖然無意進一步就此討論，但是從故事中依稀看見動保人形象的讀者們，不妨藉此思索這些問題。

首先是「蝴蝶真美麗」的問題。如果對可愛的動物特別有感情，這是一種過錯嗎？如果這是一種自然流露的情感，受到批判的原因又是什麼？對於這種特別容易受到可愛動物吸引的傾向，知名動物行為學家勞倫茲（Konrad Lorenz）的觀點經常被引用，例如動物研究者貝克（Steve Baker）就在《描繪野獸：動物、身分與再現》

（*Picturing the Beast: Animals, Identity, and Representation*）一書中，以勞倫茲的概念來解釋人們對「幼態動物」（neotenous creatures）的喜愛。勞倫茲認為，基於想要保護與養育小孩的天性，當我們看到動物表現出人類嬰兒般的特色時，很自然地會產生溫柔與愛憐的情緒，於是像嬰兒一樣頭比較大、眼睛圓滾滾、雙頰鼓脹、四肢較短的動物，都特別容易得到人類的青睞。

賀札格在《為什麼狗是寵物？豬是食物？》一書中也引述了生物學家古爾德（Stephen Jay Gould）的說法，指出「只要其他動物也有嬰兒身上的特徵，我們就會對牠們產生同樣的情感。」而古爾德所舉的例子，就是迪士尼永遠不老的米老鼠。米老鼠初登場時，並非現在這個圓滾滾如人類嬰兒的外型，是經過一番「演化」，才變成如今這種頭幾乎是身體的一半大、有著超級大眼睛的模樣。迪士尼顯然掌握到，人們對幼態、可愛動物的喜愛幾乎是一種本能反應，可以加以利用。

而深諳此道的並不只有迪士尼，貝克認為世界自然基金會（ＷＷＦ）選擇用圓滾滾的貓熊作為圖騰標誌，顯然也是類似的策略，因為貓熊圓潤的線條就像為許多人的童年帶來歡愉的泰迪熊玩具一般親切——儘管此熊非彼熊。從這個角度來看，我們不得不承認，某些動物就是容易得到比較多的喜愛。而觀察研究了大眾文化對可愛動物的種種呈現方式之後，貝克也不得不說，這就是現今的文化系統運作的方式，抱怨這點並沒有太大的意義。

同理，若回到故事本身，單就老師覺得蝴蝶很美麗的這點來說，其實批判這種反應也是沒有太大意義的，因為那可能也是多數人近乎本能的反應。真正需要注意的問題是，對可愛動物的喜愛有可能是一把雙面刃：它雖然可能喚起人類天生具有的「親生命性」（biophilia）[6]，成為動物保護的起點與契機，但不忍動物受苦的原因若只是基於動物的外型很「萌」、很美麗，這種心態也可能助長「不可愛的動物就不必關切」的偏見。

有調查指出，二〇一三年名列世界第二醜的動物長鼻猴，在過去四十年中數量銳減了百分之五十，對此，英國「醜陋動物保護協會」（Ugly Animal Preservation

6 關於親生命性的更多討論，請見本書第二章【誰的快樂天堂？《馬達加斯加》系列裡的「現代方舟」形象】下篇。

Society）的創辦人西蒙・沃特（Simon Watt）表示，每天都有兩百至兩百五十個物種瀕臨滅絕，而世界上許多最瀕危的物種也同時是那些被認定為世界上最醜的物種，這正說明了如果我們太關注那些有著可愛外表的哺乳動物，醜陋的動物就可能會一直被人們忽視，直至瀕臨滅絕。[7]台灣關心生態保育的作家吳明益也曾做出類似的提醒。吳明益觀察到在關於石虎保育的相關報導中，幼生石虎的照片出現的頻率遠高於成年石虎，因為幼生石虎無辜的大眼睛，符合以可愛來吸引民眾注意的需求，但他認為若只是以「可愛就是力量」的角度去幫助石虎面對生存危機，「一旦有一天是瑪家山龜殼花這類的生物面臨危險時，牠們或許將等待不到等量的援手」。[8]

由此觀點來看，即使喜愛可愛動物近乎本能，也不表示這樣的本能可以被無限上綱。先前提到，貝克曾表示，抱怨現今文化過於聚焦可愛動物，似乎沒有太大的用處，但他同時也指出，如果能有一些不同的呈現方式去凸顯主流視覺再現背後的邏輯，將有助於我們思考幼態持續（neoteny）所涉及的問題。

貝克所列舉的不同於主流的呈現方式，就是法國藝術家馬賽（Francis Masse）的作品。馬賽在《陽台上的兩人》（*Les deux du balcon*）此繪本中，以連環漫畫的形式呈現了一個「幼態自然史博物館」。這個虛構的博物館展出了米老鼠逐漸老化的樣態，一反迪士尼對幼態的執著。馬賽筆下的米老鼠不但戴上了老花眼鏡，而且皮膚越來越鬆垮下垂，直到變得皺紋滿布、老態龍鍾。而除了老化的米老鼠，這個博物館的特展還以對比的方式呈現許多物種幼態與老化後的差異，似乎有意逆轉原本「美醜不兩立」的刻板呈現，讓我們既看到一般認定為醜陋的禿鷹，幼年時如小鸚鵡一樣可愛，也看到可愛的漫畫人物丁丁老了之後，除了金髮的特色仍在之外，醜得完全無法聯想小時候的樣貌。

面對馬賽所呈現的這個「虛構」博物館，貝克做出如下的結論：「這一定是一個

7 這個動物保護協會因此致力於向大眾介紹醜陋的珍稀動物，希望稍能扭轉人們投注在可愛動物上的資源，該協會甚至以號稱「全世界表情最憂傷」的水滴魚作為官方吉祥物，希望讓更多人認識到這種生活在澳洲東南部海底和塔斯馬尼亞沿岸，全身呈凝膠狀，長著一副哭喪臉的醜陋動物。詳見網路資料〈世界需要醜陋動物，去對抗那些被萌化的可愛動物〉。

8 引自吳明益二〇一四年四月十八日臉書〈可愛才不會被放棄？〉。

沒有圍牆的博物館，因為它和我們生活的世界有著如此詭異的雷同。」的確，相較於迪士尼要我們相信的，米老鼠永遠不老的神話，馬賽筆下的虛構反倒更貼近真實，因為在現實世界中，幼態不可能永遠持續。

更諷刺的是，這個虛構的博物館裡也陳列了「幼態化」的豬，但是牠的樣貌竟是香腸——莫非這是要挖苦人們再怎麼喜愛幼態動物，終究還是捨不得放棄肉食，因此對於會被我們吃掉的動物，反而一開始就會直接把牠想像成食物，免得牠小時候太可愛的形象令人於心不忍，徒增困擾？無論如何詮釋，這個虛構的博物館顯然能提醒我們，幼態持續的可愛形象未必是動物真實的樣貌，而可能是人類為滿足自己的想像或鞏固刻板印象所塑造出來的。

證諸社會現況，我們確實也不難發現，「可愛主義」的排他心態有可能對保育造成不利的影響、甚至為物種歧視（speciesism）背書，例如對不夠可愛的物種惡意虐待——一看到蛇就亂棍打死，或是對著動物園的鱷魚丟擲石頭等等。[9] 對幼態持續的過度執著，也造成了某些飼養同伴動物者不負責任的態度：只有在動物的稚齡時期才願意呵護，一旦動物長大了、沒那麼可愛了，就彷彿有了棄養的正當性：「當初牠不是這樣的，小時候很討人喜歡的……」凡此種種，都說明了為什麼「只愛可愛動物」的心態與行徑不能被無限度地合理化。如果自詡動物保護者，但只停留在保護可愛動物的階段，也確實有必要思考如何擴大關懷的範圍。

至於故事中另一個引發聯想的「動保人率獸食人」的形象呢？這是否是一種汙名化？還是當動保以捍衛動物權益為優先時，確實有可能忽略那些需要利用甚至取走動物生命的人，或許也有「不得不然」的苦衷？在此雖無法就人與動物衝突的各個案例加以分析，畢竟這些問題都各有其特殊性與複雜性——果農驅趕獼猴、雞農與石虎的對立、漁民過漁的問題……每一個都是需要分開評估的案例，若驟下判斷，恐怕會像勸阻學生不應殺蝴蝶的老師一般不明原委。但仍須提醒的是，「要保護動物還是要捍衛人必然只能二選一」這樣的預設本身，極可能是有問題的。[10]

9 這樣的事件其實層出不窮，甚至有奪去動物生命的案例。二〇一七年三月，突尼西亞動物園就有一群遊客在行經鱷魚池時集體對著鱷魚丟石頭，鱷魚被石頭打到滿頭鮮血，最後因為顱內出血死亡。

10 上田莉棋在《別讓世界只剩下動物園》一書中，就記載了不少她在非洲擔任野生動物保育志工時，美國當代哲學家納斯邦（Martha C. Nussbaum）曾表示，雖然在人與動物的福祉之間，有時的確存在著悲劇性的衝突，但這並不代表人與動物所有的衝突都是「勢不兩立」的狀態。有些時候，我們杜絕一些虐待動物的做法，並不至於對人的利益造成太大傷害。只不過，有些友善動物、提升動物福利的方案的確可能需要額外的開銷，這時候，一般人「對立」而防備的思維很容易就會出現：假使政府要提撥經費作為動物的醫療照顧之用，許多人便會質疑，如此必然得調降用在人身上的醫療照顧經費，而人和動物相較，當然還是應該以人為優先，於是就起而反對此類的動物福利方案。

但納斯邦提示的思考方向是，當我們面對這類問題時，應該想的是，如果稍微增加一些經費開支，可以用來保障動物免於恐懼受苦的基本需求，那麼我們依然要堅持人類的最大獲益絕對不可減損，所以任何此類的開銷都是不必要的嗎？更何況，何以增加了動物的醫療經費，就必然會減少對人的健康照顧呢？難道不可能針對整體經費的運用通盤考量，削減一些其他較不必要的奢侈性開銷，讓對於人與動物而言，相對更重要的生存需求能都被滿足？這些都是納斯邦所指出，人類中心的思考方式容易產生的盲點。[11]

以台灣的狀況來說，過去每當動保團體爭取改善收容所的環境時，反對的聲浪就會以「偏遠地區的孩童都沒有營養午餐吃了」為理由，認為應該先解決人的問題，但是把這兩個狀況對立起來，好像只能二選一，本身就是值得商榷的。而多數人對這種預設的對立渾然不覺，或多或少也是內化了「犧牲動物是保護人類的必要之惡」這樣的思維。

在閱讀〈蝴蝶〉這個故事時，我們很容易被祖父說服，認為如果蝴蝶產卵會影響高麗菜的收成，那麼殺蝴蝶也是沒有辦法的事情，而在超市買高麗菜的老師，「何不食肉糜」的態度才是該被批評的。但是讓我們認真設想一下，小女孩一直得面對必須親手殺掉其他生命的處境（即使是似乎比較容易下得了手的昆蟲），這對於她

所觀察到的當地保育人士努力兼顧人與動物的做法，例如當大象對作物、畜養的牛群確實造成傷害時，不是去勸農民要有愛心就能了事，但也不是去懲罰依天性而行的大象，而是實際提供農民一些可以減低人象矛盾的策略。

11 可參考納斯邦的“Beyond ‘Compassion and Humanity’: Justice for Nonhuman Animals”一文。

的情緒、性格，難道不會有負面的影響？如果親生命性、對可愛動物的喜愛是一種本能，長時間如此極端地反其道而行，又會造成什麼結果？相較於讓孫女不斷練習「殘忍力」[12]，有沒有更友善的自然農法可以讓蝴蝶與女孩都能「解套」？當然，這些問題不是葛雷斯這篇故事的關切所在，而是動保人士的關切，不過也正是這樣的關切，會引來另一個對動保人士常見的質疑，那就是不管是呼籲以自然農法栽植作物，或以友善畜牧的方式飼養經濟動物，是否都是「中產階級」式的關懷？

動保運動是否是中產階級的運動？如此大哉問自然不是這裡可以簡單回答的問題，因為這不但涉及了我們所談的是何種動保、運動的目標與方法是什麼，也可能和回答者本身的社經地位、過往經歷與感受有關。不可否認的是，不同階級的人或許的確擁有不同的能力與資源，因此不少從事動保者也的確可能來自中產階級，但除非我們預設動物的福利／利益絕對與人衝突、或認為所有關於人類的問題都解決之後才可以開始處理動物的問題，否則我們沒有道理認為，較有能力去幫助動物的中上階層不應該運用其資源為動物多作一些事。更何況，動保並不是只有中上階層才能做的事，動保可以是一種觀念的實踐，一種對待動物的態度，任何階級的人，如果有意願，都可以找到能為動物做的事。

動保與階級之間的關聯性，其實並不像〈蝴蝶〉這則故事所暗示的這般明確。以老師來代表擁有資源卻不體恤他人痛苦的中產階級，如前所言，是葛雷斯為了批判殖民主義所作的設定，但這並不表示這是唯一的真相。單就階級來考量的話，我們既可能發現不少「行有餘力」進而關心動物的中上階層動保人，但也永遠可以發現對弱勢的人與動物毫無同理心的、養尊處優的中上階層。

同樣的，下層階級因處在被欺壓的位置，就無暇考量善待動物的問題，甚至去欺壓更弱勢的動物，這類的例子從古至今皆有所聞。據《人與自然世界》（*Man and*

12　農夫詩人廖鴻曾在〈田間除蟲：鍛鍊眼力與殘忍力的時間〉文中如此描述過殺蟲的過程：「抓蟲除了練眼力和耐心，還要練『殘忍力』；因為抓蟲不只是抓蟲而已，你還要把蟲弄死……我都是把蟲先抓起來丟旁邊，然後再用小石頭或小樹枝，從牠軟軟的身體戳下去。毛毛蟲很有彈性，戳下去時牠身體的表面也不會受傷，可是牠身體裡面的那些東西會『滋』地一聲，從屁股被擠出來；當然，不是真的有『滋』一聲，但那個畫面就是有『滋』一聲的感覺，然後那個什麼東西被擠出來的感覺，還會透過牠軟軟的身體傳到我手中的小樹枝，再傳到我的手指，再傳到我心中某個讓我不舒服的地方。」

the Natural World）一書的說法，中世紀以來，只有上層社會才能宰制動物的觀念，要到十七世紀才有了反彈：人們開始認為，就算是下層階級也有權宰制動物，而被人所馴養的農場動物甚至因此曾經成為被踢打、咒罵的對象，任社會底層的農工彰顯他們駕馭動物的權力。農場動物等於是確保了即使是地位較低的農工，也並非社會的最底層，因為動物才是待在更底層的階級。這樣的觀點說明了何以有時我們確實會見到「弱弱相殘」[13]的狀況。但即使如此，我們還是不應用這樣的歷史將下層階級同質化或妖魔化，認為身處這個階層就必然會靠欺壓動物來滿足權力欲望、來提升自己的地位，因為我們同時也可以找到許多反例，來證明弱勢者有可能因自身之苦，而更不願見同為弱勢的動物受苦。

以街友的真實生命經驗為主題的《無家者》一書中，所記載的遊民「趙伯伯」為流浪貓狗傾盡全部心力的故事，就是前述所謂的反例：「身為普通人，真的很難理解究竟是什麼原因讓他願意為了流浪貓狗傾盡所有，並在菩薩前發誓養到死前最後一刻？趙伯伯回答：『因為我是流浪漢，知道餓的滋味。』」身處下層階級而對動物心生惡意，或反倒更加憐憫動物的例子既然皆存在，可見不能一概而論，如果過度強調階級與動保之間的關係，將某種對待動物的態度視為「內建」於某一階級中，反而可能只是為某個階級的作為提供了合理化的藉口而已。

事實上，人與動物的問題經常是夾纏的，也因此〈蝴蝶〉裡「要蝴蝶生，等於要農人活不下去」這樣的暗示，是我們必須留心的思考陷阱。很多時候，人若是不願意善待動物，問題就會反撲到人的身上。例如提倡改善農場動物集約飼養的環境，就不只是基於動物福利的考量，也是因為透過動物福利的提升，可以防範疫病爆發對人與環境所造成的衝擊。當然，〈蝴蝶〉裡的歐洲殖民者與被殖民的毛利人之間的問題，絕非僅靠著「放下對立」這類的說法就能夠處理，但是人與動物之間不必要的對立卻是。如果我們能先試著放下二元對立的預設，將會發現人類與動物之間實有著共生的可能，而未必總是只能相害。

13 關於弱弱相殘的問題，本書第三章會有更詳細的討論。

•••

〈蝴蝶〉這個故事裡，作者對老師的批評頗不留情，除了不知民間疾苦，還「以貌取動物」，而後者，曾經也讓我自己感覺心虛、不知道如何思考理論與實踐的斷裂——明明知道「美」的標準往往有社會建構的層面，以及外表只是膚淺的「皮相」，但就是會被美麗的事物吸引；就是覺得蝴蝶很美麗，而很難真的因為「夏蚊成雷」就「私擬作群鶴舞空」啊！

後來有一天，當時家中飼養的黑貓胖胖跑來撒嬌坐在我身上，而我眼中最可愛的黑白貓豆豆也同時靠過來，我忍不住想拋下胖胖去抱豆豆。那時，才驚覺自己想做的是一件非常偏心的事，但卻也突然想通了先前困擾著我，關於「可愛主義」的問題：人的天性或許都會被比較美麗的事物吸引，甚至愛的分量也會因此有差別，但是在對待的態度上，依然可以盡可能地公平。只要有足夠的自覺，不去忽視或歧視「不美的」，那麼被美吸引，就不能算是過錯吧？於是我摸摸路過的豆豆，繼續讓胖胖在我身上呼嚕。

謝謝我的貓咪們，教會我這麼簡單的道理，即使如今牠們倆都不在了，我依然清楚記得當天的「頓悟」。胖胖若有知，可能會抗議我竟用牠來代表「不美」？不過如今我可以問心無愧地說，牠們一樣都是我的愛。

一種寂寞，兩樣投射？

【上篇】〈雨中的貓〉裡的自憐

擅於捕捉「失落的一代」內心掙扎與迷惘的美國作家海明威（Ernest Hemingway），除了以《太陽依舊升起》（*The Sun Also Rises*）《戰地春夢》（*A Farewell to Arms*）等長篇鉅作為人所熟知之外，他寫起兩性關係的短篇故事，對於溝通的虛無與困難亦是刻畫得精準到位，如〈白象般的山丘〉（Hills Like White Elephants）〈雨中的貓〉（Cat in the Rain）皆然。不過〈白象般的山丘〉中並沒有白象，只是正面臨著艱難抉擇的女主角詢問男主角，是否也覺得眼前綿延的山丘猶如白色大象，可惜男主角既對她詩意的比喻無感，也對她內心的風暴一無所知。藉由白象的比喻，海明威帶出了故事中不曾出現、卻是情節所繫的關鍵字：墮胎。白象指涉的其實是「需要勞神照顧、所費不貲，又難以帶來好處或快感的事物」，一如女主角可能負擔不起的，腹中的新生命。

〈雨中的貓〉就不只是拿貓當比喻而已了，因為那隻蜷伏著避雨的小貓，對故事的開展有著絕對的重要性。在義大利度假時因雨困在旅館中的女主角，在窗邊看見一隻躲在廣場桌下的貓正試著把自己縮成一團，只為了不要被雨淋濕，於心不忍的她立刻決定出去找貓，而自顧自躺在床上看書的丈夫，甚至不曾抬眼看女主角是否帶了傘。

這位從頭到尾都沒有透露名字、僅以「美國籍太太」的身分存在的女主角，為何執意去尋找一隻雨中的貓呢？海明威透過許多文本中的細節讓我們知道，女主角的婚姻現況一如壞天氣，讓她自覺好比一隻雨中的貓。而尋貓不果後回到房間的女主角，終於對著丈夫說出了她的心聲：「我好想要牠。我不知道為什麼這麼想要牠。我想要那隻可憐的小貓。當一隻雨中的可憐小貓可不好玩。」這裡的「牠」很曖昧地也指向英文中常用以代表嬰兒的「它」，因此不少評論者認為，女主角在婚姻中的缺憾很大，其中也包括沒有小孩。[14]

女主角的告白顯然一發不可收拾，她接著還說她想要把頭髮往後梳，挽成一個髻、想要一隻會因自己的撫摸而滿足地呼嚕的貓、想要使用自己的銀製餐具吃燭光晚餐、想要新衣服……這一連串的「想要」雖然被丈夫粗魯地以「閉嘴」打發，她還是不死心地說：「反正，我想要一隻貓。我想要一隻貓。我現在就想要一隻貓。如果我現在沒辦法留長髮也沒有其他樂子，我至少要有隻貓。」當然，男主角對這樣的「宣言」還是裝聾作啞，其實從故事開始以來，他就一直在看書，即使妻子因找不到貓而讓內心的風暴終於外顯時，他還是繼續以看書來逃避。最後，戲劇化的故事轉折發生了——得知女主角在找貓的旅館主人，派員工送來了一隻貓，只不過，是一隻玳瑁花色的大貓，而故事也就戛然止於這個曖昧的結局。

想要找小貓，卻得到了大貓，意謂一開始所見的「小貓」只是女主角自我投射之後的誤認嗎？還是海明威有意以「此貓非彼貓」來凸顯溝通的困難——不管是無意溝通的丈夫，還是一片善意的旅館主人，終究都不能明白女主角真正追尋的是什麼？歷來對於女主角想要一隻貓的「宿願得償」到底算不算是個「快樂結局」，有著各種各樣的看法，但不同的詮釋者們，倒是頗一致地表現出對男主角的不認同。丈夫喬治打著理性大旗、不能回應妻子的情緒時就喝令她「找點書來讀吧！」確實是個不討喜的角色，也使得多數的讀者，比較同情在這段關係中無力又無奈的女主角。但是我們如果認真地把貓作為同伴動物的角色考慮進來，恐怕對女主角的認同也會打一點折扣。至少，那種沒有別的樂子就要有隻貓的想法，牽涉了許多必須進一步檢視的問題。

當然，海明威的這個短篇並沒有要伸張動物權的意味，評論者向來也甚少著眼於此，所以女主角「想要一隻貓」的宣言，就算顯得有幾分任性，過去多半仍被視為凸顯了她的覺醒：她不想繼續當個在婚姻禁錮下不敢說出真實想法的沉默妻子，所

14 有不少評論者以「對號入座」的方式，指出這篇故事暗示了海明威與當時的妻子海蒂莉之間的關係，而海明威則在寫給費茲傑羅（Scott Fitzgerald）的信中，直接否認這是關於他與妻子的故事，並表示他的妻子從來沒有說過想要孩子這類的話，還說當他在寫這則故事的時候，也就是一九二三年的二月，海蒂莉其實已懷孕四個月。可參考 Carl P. Eby 的 *Hemingway's Fetishism: Psychoanalysis and the Mirror of Manhood* 一書。

以才連珠炮似地坦露了心底的各種欲望。但是海明威不曾關注的問題，卻是我們必須提問並回答的，畢竟在這個少子化的社會，人們對同伴動物的依賴日深，也因此有必要更嚴肅地去思考人與動物的關係。例如，假使故事裡的女主角並不只是出於「同是天涯淪落人」的心情而對貓產生了「共感」（empathy）、進而想幫助貓，而是自憐的情緒成分居多；只是得不到丈夫的溫柔回應，才渴望一隻貓，那麼這樣的投射，應該被批判嗎？再回到現實層面上來說，在情感上需要同伴動物支持與慰藉的人，是不是都像面臨婚姻危機的女主角一般，在人際互動上出了某些問題？而我們不時見到許多飼主對於分明不懂人類語言的動物說起「貓言狗語」，這是否也印證了人與同伴動物的關係，充斥著過多一廂情願的投射？

其實，不論是人與人，或是人與同伴動物的溝通，都不可能完全沒有自我投射的色彩。即使人與人之間有共同的語言可以溝通，也不代表可以溝通無礙，因為溝通所牽涉的從來就不只是語言的問題。也因此，雖然有些人認為，既然動物沒有語言，我們若嘗試與動物溝通或詮釋牠們的思想，很可能只是在自說自話，但動物研究者阿律克與桑德斯（Arnold Arluke and Clinton R. Sanders）卻問，難道我們和人類的溝通中，就沒有自說自話的成分？語言並不是溝通與認知所賴以憑藉的唯一工具，我們還可以觀察對方的行為，或從其身體感知的表現等多方面去增進理解的精準度。阿律克和桑德斯認為，不論我們試圖理解的對象是人或動物，都應該用這樣的標準去看待溝通問題。[15]

的確，在與人對話的時候，如果我們選擇只聽自己想聽的話，或用自己的主觀定見去詮釋甚至扭曲對方的話，那麼即使語言相通，也不會是有效的溝通，和動物「溝通」時的問題當然更複雜。如果我們對溝通的定義，是指要能確認對方是否「真的」如我們的詮釋所呈現出來的一般，這樣想、這樣計畫、這樣打算、這樣感覺，那麼我們恐怕只能承認，人與動物無法溝通，畢竟動物無法開口來認可或否定我們的詮釋。

然而溝通其實不需要被如此窄化地看待，因為我們大可以把對於動物的感知與理解，放在實際互動的框架中去檢驗，如此便能得知這些詮釋是會得到印證還是會被

15 可參考他們合著的 *Regarding Animals* 一書。

推翻。許多飼主與同伴動物之間的「溝通」，例如對於自家動物喜歡什麼或害怕什麼的理解，就是透過日常生活的互動一點一滴累積而來的。

【導論】中曾提及的學者哈洛威，也不時以自己與愛犬之間的互動——包括以親吻交換唾液——來證明人與同伴動物間存在著跨物種的「肉身邂逅」（fleshly encounter）關係。她並要求自己在每天結束時，對於愛犬行為的了解都能比一天之始更增加一些，因為這表示自己對於動物保持著好奇心與求知欲，而這兩者，是建立責任心與關懷時不可或缺的。[16]從這種角度來看，即使和同伴動物「溝通」時，極可能仍有帶入一己臆測的時刻，甚至會受到情感投射的左右，但情感投射未必等同於單向地為動物代言、無視牠們真實的需求，因為還有更多日常經驗及「肉身邂逅」的佐證，能讓我們明白，溝通的目的是否達到了。

只不過，不管是相信人與同伴動物之間有著溝通的可能，或是對動物有深刻的情感投射，這樣的信念與做法在現實中還是不免受到質疑甚或批判。當飼主從狗兒子貓女兒這些「毛小孩」身上得到回饋與安慰時，他們的形象也正符合法國社會學者布希亞（Jean Baudrillard）眼中「人際關係的失敗者」，被認為是活在自戀小宇宙中、用寵物來自我滿足的一群人。[17]

而對於飼養動物者更嚴厲的批評，還包括把他們類比為消費色情來滿足性欲的人：因為同樣都是無法循「正常」的關係得到滿足，才會訴諸「替代品」。[18]何以對同伴動物的依賴，會被訕笑至此？對同伴動物的情感，又為何如人類與動物關係學家什沛爾（James Serpell）所觀察到的那般，會被視為「軟弱的象徵，標示著智慧的匱乏甚至精神障礙」[19]？這除了和前一節所提到的，有些人對於「可愛動物保護主義」的不滿有關之外，還涉及了我們對於感性特質本身的貶抑：當飼養貓狗者把同伴動物當成兒女、手足來對待時，這種「擬人化」的態度，便構成了讓許多人避

16 可參考她的 *When Species Meet* 一書。

17 見 *Simulacra and Simulation* 一書。

18 可參考什沛爾的“Anthropomorphism and Anthropomorphic Selection——Beyond the Cute Response”一文。貝克在 *The Postmodern Animal* 一書中亦引述了什沛爾的相關論點。

19 什沛爾還觀察到，對有些人來說，「寵物」形同寄生蟲，寄生在飼主身上，靠著誘發他們照顧可愛動物的天性來維生。

之唯恐不及、過於善感又非理性的「化人主義」（anthropomorphism）。[20]

動物學家格理芬（Donald Griffin）曾經把化人主義與恐懼症二字結合，創造了「化人主義恐懼症」（anthropomorphophobia）這個新詞，他發現化人主義幾乎成為一種很普遍的禁忌，人們害怕一旦認同「非人動物也能經驗如恐懼這類的主觀情感，或能有意識地思考，即使是最簡單的那種，例如會認為食物被置放在某處」，就可能被指控為過度感性[21]；除了科學家們對此敬謝不敏，一般人多少也認為，只有毫無判斷力的人，才會主張動物具有主觀情感與思想意識。而貓狗等同伴動物的飼主，無疑是最常主張動物也有情緒、或對於動物的「想法」津津樂道的一群人，自然也最常被認為是鞏固化人主義、濫情投射的一群人。

事實上，現在有越來越多的評論者開始為化人主義與感性特質平反，並追溯起感性被汙名化的原因。他們發現，善感及關心動物並非一直被認為是負面的，但在科學剛興起，特別是活體解剖出現之後，因為對動物的關懷或反虐待的聲浪，顯然會妨礙當時科學與醫學實驗的進展，才使得善感及愛護動物逐漸被貼上負面的標籤。[22]

至於化人主義，雖然帶有情感投射的成分，但這種感性的面向也有正面的效應，例如有時也扮演著讓人願意試著與動物「溝通」的觸媒。假使當我們想理解動物的行為時，非得親身經驗才能稱得上理解，又或是只有說同樣語言才能溝通，那麼人和動物之間註定將存在巨大的鴻溝，但這種鴻溝，卻可能透過擬人化的方式被填補。動物研究者阿洛依（Giovanni Aloi）便認為，化人主義提供了一種與動物接觸的機會，雖然是一種「經過中介（mediated）的機會」，還是勝過連這種中介都沒有的

20 關於擬人化的問題，稍後在討論動畫的第二章中還會再延伸解釋。至於文化中對感性特質的貶抑，則在第三章會再次說明。

21 出自Marc Bekoff與Dale Jamieson共同編輯之*Interpretation and Explanation in the Study of Animal Behavior: Volume I, Interpretation, Intentionality, and Communication*。

22 此類「平反」的觀點可見於Jose Parry的"Sentimentality and the Enemies of Animal Protection"一文與荷曼斯（John Homans）的《狗：狗與人之間的社會學》一書。至於在科學與醫學實驗剛開始發展時對活體動物血淋淋的一段剝削史，則可參考荷莉・塔克（Holly Tucker）《血之祕史：科學革命時代的醫學與謀殺故事》（*Blood Work: A Tale of Medicine and Murder in the Scientific Revolution*）一書。

狀況。另一位評論者法吉（Erica Fudge）也呼應這樣的說法，她問道，「如果當我感受到狗的哀傷時，卻不能如此形容，那麼我要說牠是處於什麼狀態呢？」很明顯地，這個問題其實只是修辭上的提問，用意是透露她的立場：「沒有化人主義，我們無法理解與再現動物的存在。」[23]對這些評論者來說，如果感受到動物表現了與人類似的情緒，所以就把那種情緒用人類的語言加以形容——或者是鬱悶，或者是寂寞、無聊，那麼這樣的「化人主義」就不完全是單向、主觀的投射，因為這樣的「投射」，是試圖透過化人主義的中介，更靠近牠者的世界一點點。

回頭來看〈雨中的貓〉裡的女主角，不管是把小貓當成不快樂的自己、還是用牠象徵她所匱乏的家庭溫暖，又或者想當成小孩的替代品，這樣的心情，又是屬於哪一種投射呢？是自憐的成分居多，還是也有關懷牠者的一面？原本，在旅行的途中看見一隻淋雨的貓而想要伸出援手，就算這其中也有著「同病相憐」的自我投射，其實也並不是需要被撻伐的事。不過，當她的心念從想幫助一隻貓變為「現在就要一隻貓」，而且是要一隻「坐在我腿上，我摸牠牠就會呼嚕的小貓」，這樣的轉變就比較令人無法輕易認同了。這其中的問題，並不是在於渴望以貓的呼嚕聲為自己帶來安慰有什麼不對——許多的「貓奴」恐怕都非常依賴這樣的慰藉。女主角真正的問題，在於她完完全全是為了排遣自身寂寞才想要一隻貓，在這種情況下，其實不容易真正去考量動物的需求，而動物這個被用來填補欠缺的替代品，一旦不再被需要，就有可能難以倖免地會被棄之不顧。

當然，故事的結尾是「開放式結局」，而硬是被抱來送給女主角的大貓會得到怎樣的待遇，也因〈雨中的貓〉終究不是一則關心動物權益的故事，而不可能有後續發展。但在故事有限的篇幅裡，我們所看到的，是女主角之所以對「小貓」投注了憐愛之情，是因為她自比為孤單無助的小貓，那麼當她得到的是不符期待的、在旅館員工懷中還扭來扭去、要被壓制著才能抱給她的大貓時，還會不會投注相同的情感？答案大概不可能指向完全的樂觀，畢竟如果要避免犯下無視動物福利、只顧單向情感投射的問題，就必須對於「自己正在對動物進行情感投射」這件事有相當的自覺。也就是說，如果能夠察覺到投射的存在，反而不至於走向用動物來滿足自戀

23 阿洛依的說法引自他的 *Art and Animals* 一書，法吉的說法則出自她的 *Animal* 一書。

或耽溺於自憐的程度，而比較可能透過與動物的相互回饋，達到一種相互的「成全」。就像基於寂寞的出發點而領養貓狗的人或許不少，卻未必會因為「出發點」有私心，就發生棄養或虐待的事件。情感投射本身從不是問題，「愛之欲其生，惡之欲其死」才是。

〈雨中的貓〉裡走在女性自覺路上的女主角，在海明威的筆下，還沒有機會在動物倫理的路上邁開步來，但作為讀者的我們，卻可以。

【下篇】〈光球貓〉裡的共感

日本作家朱川湊人的「鬼故事」〈光球貓〉裡也有個寂寞的主人翁，但卻對照出「一種寂寞，兩樣投射」的不同結果。故事的第一句就是，「那時候，我是個又窮又孤獨的年輕人。」主角住在東京下町的老舊公寓、夢想成為漫畫家卻不得志，在那樣的日子裡，讓他可以捱過寂寞的，除了年少逐夢的熱情之外，就是一隻被他命名為茶太郎的流浪貓。

主角住的地方鄰近浪貓聚集的覺智寺。原本因為他沒有閒錢可以餵貓，所以告誡自己盡量不要接觸浪貓，但這誓言很快就被打破了。某次，兩隻浪貓打架，從院子裡一路追進他屋裡，其中茶色的那隻居於下風，主角於是作勢用紙團丟向比較強勢、左眼有眼翳的那隻白貓，將牠驅趕了出去。之後，茶色的那隻「茶太郎」就成為主角「來到鎮上第一個交到的朋友」，自由進出他的房間。

不管是因為寂寞，還是因為原本就相信動物和人也可以「溝通」，在主角與茶太郎的互動中，我們看到了他們的「跨物種交談」：替牠趕走白貓時，主角對牠說「喂，沒問題了。」事後還問牠「吵架了嗎？」儘管茶太郎只是喵喵長叫了幾聲，一面慵懶地伸長身體，但主角卻認真地說，「這可以有好幾種解釋，但反正是答謝我施予援手吧！」茶太郎從不會靠近堆疊了漫畫原稿和畫具的書桌與書架，更讓主角覺得牠是隻善解人意的貓，「牠似乎明白那是重要的寶貝」，就這樣，雖然茶太郎可能只是在房裡晃來晃去，或是安靜地過夜，卻讓主角「獲得無限的撫慰」。

茶太郎有時也會外宿不歸。某天夜裡，主角雖然聽到窗外鐵欄杆處傳來貓的動靜，但仔細一看，並不是茶太郎回來，映入眼簾的，是像「會發光的乒乓球」一般的貓靈。主角原本手心冒汗、握住掃把想驅趕它，卻因為發現貓靈的動作很像茶太郎，於是試著彈舌發出過去呼喚茶太郎時的「唧唧唧」聲，結果「那光球像是開心極了，不斷地左右輕輕搖擺」。主角於是猜想，茶太郎一定是死在什麼地方卻不自覺，才會拋下身體以靈魂的形式歸來。

雖然難過於自己竟連茶太郎發生了什麼意外、死在哪都不知道，但主角還是接納了茶太郎的靈魂，容許它成為每天造訪的存在。他撫摸它、和它玩遊戲，而光球就興奮得上下跳躍、磨蹭著靠向他的手臂，甚至發出貓呼嚕時喉嚨的震動……神奇的是，之前因為漫畫作品遭到否定而意志消沉的主角，在光球貓的陪伴下竟然恢復了元氣。「我只要用手指輕輕撫摸它的表面，說也奇怪，一顆心自然就沉澱下來。而光球的中心則會很愉悅似地振動著，這點也傳達到我的內心裡。盡情互動後，不知為什麼，我開始自覺到自己原非一無可取啊！」主角在驚覺光球貓這種不可思議的影響時，還特別聯想到自己過去曾經聽說撫摸貓狗可以治療病情的說法，這個細節的描述，不禁讓人讚嘆朱川湊人的這則鬼故事，比許多強調「毛小孩療癒力量」的說法還更基進，因為在他的筆下，只要願意「盡情互動」，連貓靈都產生了療癒的力量啊！

不過接下來的情節並不是要發展成「同伴動物至死也要與人相依」的故事。事實上，不久之後，真正的茶太郎就回來了，光球貓這才從木門的縫隙鑽了出去，離開它流連了十天的家。而主角為了一探究竟，一路跟蹤光球到覺智寺，竟在寺廟本堂的梁柱後面，發現了蜷伏的白貓屍體。他立刻認出，那正是曾追趕過茶太郎，但被他趕走的白貓。

「這世間，感到寂寞的生命是何其多呀！」主角看到白貓的屍體時，不禁這樣感嘆了起來。他揣想這隻貓必然很寂寞，很想找人撒嬌，所以才會讓餘存的靈魂徘徊街上，最後還來到他的房間。牠也和茶太郎一樣，當時希望能進屋裡吧！這樣想之後，主角在心裡對白貓說，「對不起，那時候把你趕走……」讀到這裡，或許有些人不免會認為，這一切都只是凸顯了主角是個寂寞的人，所以才會想像白貓是寂寞的。但就像先前所說的，就算這其中牽涉了情感的投射、是無法證實的想像，但只要這種想像為雙方帶來的不是傷害，又何須苛責呢？

更有趣的是，在朱川湊人的描述中，主角之所以說白貓是寂寞的，並不是從人的角度類推出「原來貓也擁有感受寂寞的能力」這樣的結論，因為他的措詞並非「會感到寂寞的並不只有人，貓也一樣」，而是剛好相反，是因為有寂寞的貓為鏡，他才觀照到自己內心、乃至其他人的寂寞。「會感到寂寞的並不只有貓，人也一樣。就像我對獨自一人的生活感到寂寞，一定還有其他人在不同的地方也感受著寂寞。我的父母親、批評我作品的總編、舊書店老闆，他們一定也都和這隻貓一樣，有屬於自己內心的寂寞。至少我就是如此。」

如果是依循傳統化人主義的思維，就算是承認動物有感知快樂或悲傷的能力，也是先預設這些情緒是人類所擁有的，然後在動物也表現出類似的反應時，才「把人的特質比附到非人的身上」[24]，但主角卻非如此。「貓是會寂寞的」對他來說似乎是個不用推論的事實，而且正是因為有這個事實，才讓他面對自己的寂寞：在故事開頭曾說自己並不因寂寞而感傷、甚至「對這一丁點的痛楚絲毫不放在心上」的主角，在故事結尾才誠實面對了自己的內心感受，認清了自己是寂寞的。

而對於這隻曾為他排遣寂寞、也讓他照見寂寞的光球貓，主角也可以說是情深義重——除了用外套包裹貓的屍體，帶回公寓後院埋葬，多年之後，當他有了小小的成就，偶然又回到東京時，還特意前往覺智寺，在本堂下方「悄悄擺進了一小塊魚身，然後雙手合掌膜拜」。

主角曾說除了茶太郎之外他只有舊書店老闆一個朋友，加上他不但深信著貓魂存在，還從光球貓的陪伴中得到慰藉的力量，這樣的人物設定，看起來很符合「果然過於寂寞、人際互動不佳的人，就會在動物身上尋找慰藉」的刻板印象。確實，「寂寞」的氛圍充斥在〈光球貓〉故事的字裡行間，但與其說這是要讓我們去推論「情感匱缺的人才會尋求動物作為替代品」，不如說是寫出了現代人，特別是都市人的寂寞。而如果這種寂寞加劇了人對同伴動物的情感依賴，那麼我們也應該視之為一種結構性的因素來加以分析，而非總是歸咎為個人的「病態」。

〈光球貓〉的場景，是設定在充滿人情味的東京下町，但真要說起來，在故事中，

24 這裡所引的是《動物權與動物福利小百科》一書的定義：「就廣義而言，化人主義指的是從人類的角度對非人的客體所做的思考」，也就是一種賦予其他物種人的性格的傾向。

除了主角與舊書店老闆互動的情節之外，讀者其實感受不到太多關於人情味的描述。[25]從鄉下來東京逐夢的主角，原先住在陶器工廠四人一房的員工宿舍，利用工作之餘畫漫畫。他回憶那段期間，宿舍的室友「大概是看我有了工作還想追求夢想而感到礙眼」，三番兩次找麻煩，甚至故意把咖啡潑灑在他的原稿上。這裡如果有所謂的「人際問題」，恐怕很難歸因於主角個人的問題，而更像是都市人最抗拒的「鄰近性」（proximity）所造成的：習於盡量拉開彼此距離的都市人，一旦與人太靠近，便如同被迫競爭與比較，就像在故事裡，主角的夢想如此與眾不同，對他人而言就顯得很刺眼。

而主角遭遇的人際挫折還不止於此。離職以便專心畫漫畫之後，他走訪出版社到處毛遂自薦卻都碰壁，最後，還遇上直接斷言他的作品完全不行、要他打包回鄉下的毒舌總編。其實，連關係看似友好的舊書店老闆，主角也承認，直到最後，他都不知道對方的姓名。城市裡的人際關係，追求的顯然不是熟悉與親暱，保持距離與漠不關心，才更接近都會生活的日常。在這樣的「結構」下，如果動物會被視為家人友伴般的存在、所帶來的療癒力量會被放大看待，也就不足為怪了。[26]

城市經驗所帶來的寂寞，除了是文學作品常見的主題之外，其實也是社會學家研究的關懷所在。德國社會學家齊美爾（Georg Simmel）早在他一九〇三年一篇名為〈大都會與精神生活〉（The Metropolis and Mental Life）的文章中，就分析過城市經

25 朱川湊人曾和佐野亨一起受訪，訪談稿於二〇一〇年收錄在〈下町の風景には、「ノスタルジー」と「闇」がある（下町的風情中「懷舊」與「黑暗」並存）〉一文中。而在〈光球貓〉中確實也可以看到懷舊與黑暗兩種面向並存。

26 對於都市同伴動物日增的現象，有些學者認為這是隨著農業社會傾頹、工業化興起的必然結果，有些學者則憂心地將之視為一種危機，認為這反映了人已不知道如何適當地區隔與動物的分界。不論是樂觀或悲觀看待此一現象，同伴動物在都會生活中地位漸趨重要都已成為事實。證諸台灣本地，亦不難發現，隨著不婚族漸增及少子化現象，同伴動物亦有取代伴侶或子嗣的趨勢。台大獸醫系曾在二〇〇五年針對全國家犬家貓數量調查推估，當時全國飼養的家犬約一百一十三萬隻，家貓二十一萬七千隻，其中又以都會區的比率最高，大台北縣市便佔了三成，而二〇〇六年台灣地區的新生兒則約十九萬。相關的討論可參考筆者〈劉克襄《野狗之丘》的動保意義初探：以德希達之動物觀為參照起點〉一文，歷年家貓家犬數目則可於農委會網站查詢。根據農委會新近的調查指出，都會區飼養犬貓的密集度一直在攀升。以台北市為例，二〇一五年時每三點九戶就養一隻犬貓，但十年前是平均每六點三戶養一隻，進一步分析還發現，六都飼養家犬數量即占全國三分之二，家貓數量十年來亦成長一點五倍，一半集中於新北市、台北市及台中市。

驗對感性的壓抑、對人際造成的疏離。齊美爾指出，大都會中包含高度複雜錯綜的人事物，為了使都會生活能順利運作不陷入混亂，大都會中生活的人們傾向以頭腦（理性）而非心靈（感性）對於外在世界做出反應，於是外在世界被當成一道道數學題，彷彿可以代入一些公式加以解決。換句話說，都會生活要求的是一種科學般理性的精神，久而久之，都市人也就養成一種務實、精於計算、講求效率的態度。

而越是務實、理性，就越會懂得用麻木冷漠的態度面對各種外在刺激，畢竟都會中紛紜雜沓的各類刺激實在太多，如果一一做反應，不但不符合追求效率的原則，在情感上也可能承受不了太多刺激。加上都會生活與貨幣經濟間的密切關係，會使得衡量事物的標準往往在於「多少錢（時間）」「是否划算」等等，於是像感性、本能衝動這些不夠理性的特質，就被視為不重要，甚至被認為會破壞效率及都會生活的整體運作。

此外，都會大量聚積的人口，迫使人與人在實際空間上距離有限，如之前所說的，因此會產生由「鄰近性」帶來的壓力，於是人與人之間更拚命想拉開心靈上的距離，如果再考慮到都市文明中充斥的危險與不確定，似乎又更有理由允許自己懷疑他人並保持冷漠了。然而齊美爾也提醒，都市人自以為只是冷漠，但在表面的冷漠之下或許已經潛藏了自己沒有察覺的敵意：在精算、著重效率及自身利益的都會生活態度之下，人們對他者很容易產生不滿，於是一旦有近距離接觸的機會時，衝突便可能一觸即發，這也正說明了冷漠之下的真面目，極可能是敵意。

上述這些齊美爾在一百多年前對都市所做的觀察，在今天看來依然沒有過時，甚至情況更為嚴重。日常生活的現實依然不允許人將感性的觸角伸出來，因為過多的外在刺激、過於敏銳的感受，往往可能成為痛苦與創傷的來源。但是感性卻也是促成倫理行動時不可缺乏的要素，如果對苦難不具敏感度，勢必不可能以倫理的態度對待他者，所以城市經驗一旦造成感性的鈍化，其實是相當嚴重的問題。

深受齊美爾影響的當代社會學家包曼（Zygmunt Bauman）之所以不時強調城市應該對於各種「偶然性」（contingency）有更多的包容，而不是想盡辦法以剷除異己的方式來做規畫、一味追求高效率與機能性，就是因為他發現對於理性與秩序的過度崇尚，會使得人們在道德上越來越不敏感。即使原本無意「不道德」，但是為了防堵各種外在刺激可能帶來的痛苦，就可能變得越來越麻木。到最後，還會以「我需要更多的空間」為由，希望任何可能來自他者的干擾都得以被排除、希望他者和「我」保持一定的距離。而這種對個人化（individualization）的強調，在包曼眼中已成為一種新形式的邪惡——不願意對他者的苦難做出反應、不願意試著理解他者，只要被認定是在錯誤的時間與錯誤的地點出現的他者，都可以逕行加以排除而無須感覺自己有任何道德上的問題……凡此種種，都是失去敏感度所造成的「道德盲目」。[27]

從這個角度回頭來看〈光球貓〉的主角，我們會發現，他連對化身光球的貓魂都具有「體恤體諒的同理心」[28]，確實是一個不符合在大都會裡「成功」生活的角色，既不夠理性、也不夠務實。就像先前提到的，他雖然曾經鐵了心告誡愛貓的自己不要跟貓接觸，免得看到滿懷期待而來的貓那種乞食不成的失望眼神，但這個把外界刺激抵擋在外的決心，在初見茶太郎時就潰堤了。不過，也正是他的無法「不敏感」、無法麻木，讓他能看見他者的苦難，也為讀者展現了回應他者的倫理可能。

如果說他和〈雨中的貓〉裡寂寞的美國籍太太有什麼不同，那就是他並非活在自己的寂寞裡，也不是只想在動物身上投射寂寞的情緒。他允許自己伸出了感性的觸角，被他者觸動：「老實說，作畫時經常會感到困頓疲累，但那時候不知為什麼，我的手掌就好像會感受到光球貓的撫慰。那絕對是死在覺智寺本堂下的那隻貓的靈魂。孤零零活著，孤零零死去，寂寞的靈魂。光球貓讓人感到悲哀的輕……」

在意著光球貓「悲哀的輕」，代表這個牠者在主角的心上，有著一定的重量。在今天這個高度現代化的社會，當理性被用來合理化我們日趨鈍化的感知，當過度精算的思維模式使得維護自身利益成為絕對優先時，我們或許正走向包曼所憂心的道德盲目之中。也因此，在這樣的時刻，伸出感性的觸角，找回為他者感到悲哀的能力，不但不應被視為一種濫情，反倒是展開倫理行動的關鍵。

・・・

27 詳見包曼與當斯基（Leonidas Donskis）的對談《道德盲目：液態現代性中的麻木不仁》（*Moral Blindness: The Loss of Sensitivity in Liquid Modernity*）一書。

28 此為米果替《光球貓》中譯本撰寫的推薦文中對主角的形容。

〈雨中的貓〉和〈光球貓〉這兩則故事，分別對應著我在動保路上的一件憾事與一件好事。

十多年前一個下雨的傍晚，一隻白狗從捷運站一路跟隨我，不要我餵食的西莎餐盒，只是跟著我。那時我早已跳出學生時代「撿狗、送狗、送不出去、拜託付費私人狗場收養」的迴圈，只想透過教書與寫文章來做動保，於是當牠看來決意跟著我的時候，我一心想著加快腳步拋下牠。最後，我繞進附近熟識的店家，請他們讓我躲一下，確定牠找不到我而離去之後，我才敢繼續走往回家的路。但是回到家後，我痛哭了一場。為什麼我選擇看見自己做一線動保志工的辛苦，而不是選擇看見牠的茫然失措？為什麼不幫牠找到回家的路，或是幫牠找個安頓的去處呢？為什麼退居二線之後不能偶爾重回一線呢？哭完之後，我決定出門去找牠，越來越暗黑的天色，繼續下著雨，但雨中的狗沒有再出現。後來，每次教〈雨中的貓〉這則故事，我都不由得想起那隻被我撇下、被我狠心認為牠可以找到回家路的，雨中的狗。更後來，我重新回到了一線的工作，開始做社區街貓的絕育放養，只為了讓那年心中悔恨的雨，下得小一點。

然而新的痛苦一如預料地隨之而來，對於自己只能在街貓寂寞而多苦難的生命中提供一天兩餐的照顧，我總是充滿著歉意和不安，某次應邀以〈光球貓〉這篇故事為主題到動保社團演講，但當時餵養的街貓小白卻在演講前幾天失蹤。我深怕牠已像故事裡的白貓，孤零零地在哪裡死去了，除了積極尋找之外，我還做了一件看似無關的事情，就是把隔周演講的主題，臨時更改為「迪士尼卡通中的動物」，只因我知道，假使小白沒再回來，我沒辦法站上台講〈光球貓〉這樣哀傷的故事。還好，幾天之後，我發現了小白受傷躲藏的地點，這樣的「失而復得」，也使我決定在小白康復之後收養牠。小白成為第六隻被我帶回家中的街貓，不久之後，我也把和牠一起混街頭的小橘帶進家門，不讓流浪動物「悲哀的輕」，成為我生命中不可承受之重。

【第二章】

是想像，還是真實？論動物影像再現

那些米老鼠（沒有）告訴我們的事

說到迪士尼動畫，人們很容易一致聯想到它們所打造的「動物王國」，但該如何評價這個動物王國對真實動物的影響？看法就未必會那麼一致了。如同第一章曾論及的化人主義一詞，關於「迪士尼化」（Disneyfication）正負面看法的論辯，也依然是進行式。

在一九九八年出版、中譯本二〇〇二年問世的《動物權與動物福利小百科》中，迪士尼化一詞是被用來代表一種相當負面的擬人化方式，因為它可能直接導致「孩童傾向於錯誤詮釋動物及其行為，而這錯誤詮釋有時會帶來悲劇的結果：畢竟物化動物會使動物被看成可販售的物品，間接助長了寵物工業的發展。」

證諸迪士尼，因為把動物刻畫得太討喜可愛、造成相關寵物市場興起，而衍生其他問題的例子，除了大眾所熟知的《一〇一忠狗》（*101 Dalmatians*）造成大麥町熱，《海底總動員》（*Finding Nemo*）造成珊瑚礁魚類被捕捉的趨勢攀升之外，其實還有《鼠膽妙算》（*G-Force*），曾造成紅極一時的天竺鼠在失寵之後大量被棄至收容所。天竺鼠本來就因為取得容易，是許多家庭衝動購買下的「第一隻寵物」，電影把牠們塑造成動作明星之後，天竺鼠作為寵物的趨勢又再次升溫，然而不少兒童隨即發現真實的天竺鼠遠比電影中的形象無趣得多，於是便因期待落空而棄養。事實上，連以老鼠為主角的《料理鼠王》（*Ratatouille*），都曾讓英國的寵物連鎖店在寵物鼠的銷售上成長了百分之五十。[1]而有越多因不了解所造成的衝動購買，自然就可能

1 以上數例均摘自網路資料“Losing Nemo and Dory”一文的分析，除了迪士尼以外，其他被該文列入討論的，最早可溯及一九四三年的米高梅電影《靈犬萊西》（*Lassie Come Home*），這部電影讓蘇格蘭牧羊犬「大紅」，卻也讓不了解這種狗的特殊習性卻貿然飼養的觀眾，成了不適任的飼主。至於一九九五年的澳洲電影《我不笨，所以我有話說》（*Babe*），雖然因為作為主角的小豬Babe萌樣吸引無數觀眾，使得豬肉的消費量隨著電影的走紅而降低，但亦帶動了把豬當寵物飼養的風氣，造成負面的影響。片中體型不變的「小」豬其實是一再替換「演員」上場的結果，但想把豬當成寵物來養的人，卻未必已充分了解：豬很快就會長得很大，並不適合作為家庭寵物。此外，《忍者

有越多不負責任的棄養。

呼應上述觀點的動保人士並不罕見，例如美國自然哲學家舍帕爾得（Paul Shepard）便相當嚴厲地表示，雖然迪士尼以充滿感情的方式把動物卡通化，和把動物作為農耕工具或醫學實驗對象的做法，看似是完全極端的兩種狀況，然而一旦仔細檢視背後的態度，卻會發現「都是同一塊布裁出來的」。迪士尼刻劃出可愛、無助的動物寶寶，依然是不把動物視為真實存在的生命、只想滿足人類需求的結果，所以才會為了娛樂孩童，不惜任意拆解、重組動物的面貌與形象。[2]

但另一方面，我們也總能看到支持迪士尼做法的評論者，例如英國學者萊斯利（Esther Leslie）就認為，迪士尼影片其實能喚醒成人逐漸失去的、那種與萬物共感的能力。因為影片中不論是動物、花草樹木甚或是機器，都和人一樣，是可以互動、產生共鳴的對象。[3]這種相反的立場也提醒了我們，在評估動畫電影對真實動物的影響時，必須把更多可能性考慮進來，而不同影片如何以不同手法再現動物，也需要有個別不同的分析，而不應太快認定動畫的想像成分必然有助或有礙動物保護教育。

值得注意的是，萊斯利對迪士尼如此正面的評價，是源自於德國思想家班雅民（Walter Benjamin）對早期米老鼠卡通的肯定，而班雅民對米老鼠的鍾情，其實卻又是同時代的另一思想巨擘阿多諾（Theodor Adorno）所批評的。顯然從以前到現在，迪士尼總能引起熱鬧的討論與紛歧的看法。也因此，在我們試著探討今天的迪士尼動畫是否隨著動物倫理觀念的進步而與時俱進之前，不妨先回顧一下米老鼠曾

龜》（*Teenage Mutant Ninja Turtles*）系列電影造成的問題也相當嚴重，發現烏龜完全不像電影所刻劃的那麼「酷」之後，甚至有棄養者直接把烏龜沖入下水道——而在電影的原初設定裡，忍者龜就是失寵被沖入下水道之後，才基因突變而具有人形的，若要說電影造成「誤導」，也並不為過。最近期的例子，則屬《哈利波特》（*Harry Potter*）所造成的貓頭鷹狂熱，儘管許多國家禁止將貓頭鷹當寵物飼養，但《哈利波特》的風靡全球，仍讓這種就習性而言完全不應被馴養的物種持續被捕捉、甚至也難逃流落至收容所的命運。

2 可參見 *The Others: How Animals Made Us Human* 一書。至於《動物權與動物福利小百科》，則是點名迪士尼一九九四年最賣座的《獅子王》（*The Lion King*）電影，認為其中王室的成員說話帶有英國腔，而反派的鬣狗，則像是一口「黑人英語」，或像是拉丁美洲人的口音，這是假「動物王國成員」之名行種族歧視之實，於是「壞」的動物角色總是呼應了主流觀點對某些「人」的刻板印象，而這樣的做法顯然並不在意真實動物的景況，只是想把文化中的刻板印象複製到動物身上去。

3 可參考 *Hollywood Flatlands: Animation, Critical Theory and the Avant-Garde* 一書。

引起的「思想家大對決」。

習慣了米老鼠可愛形象的人，恐怕很難想像早期迪士尼卡通裡的米老鼠其實有著完全不同的面貌。打從「出道」的第一部影片《蒸汽船威利號》（*Steamboat Willie*）起，米老鼠就是個「無樂不作」的角色。牠把母牛的牙齒當成木琴來敲打、乳房當成風笛來演奏，還把火雞的尾巴擰下來替代失事飛機的機尾，或是不顧米妮的推拒總想霸王硬上弓……那麼班雅民為何要替這種把施虐當有趣的表現護航呢？這其中自有他的歷史因素：一次大戰帶來的創傷，讓原本篤信經驗累積或文明傳承的人們感到幻滅，而當傳統經驗變得不值得信賴時，不按牌理出牌的米老鼠卡通反倒成為寄託所在——如果卡通裡主角的手臂可以被偷走、樹上的水果可以像充氣球似地瞬間圓熟、米妮的燈籠襯褲可以變成救難降落傘，還有什麼不可能呢？只要願意跳脫傳統經驗認知的侷限從頭來過，美好的願景還是可能實現。這種對烏托邦、新世界的想望，是班雅民選擇去看米老鼠卡通中美好面向的主要原因。

更何況，早期米老鼠卡通中關於科技與自然結合的豐沛想像，從今天後人類主義（posthumanism）的角度來看，甚至是提早預示了「我們都是賽伯格（cyborg）」這種「人機合體」的可能性。[4]就像《蒸汽船威利號》裡的那頭羊，牠把米妮的小提琴和樂譜〈稻草中的火雞〉吃進肚子之後，竟成了手搖留聲機，只要米老鼠不斷旋轉羊尾巴，像上緊發條一般，樂曲就能從羊的口中吐露出來。即使在班雅民的時代還沒有「後人類」這樣的詞語，但他已然發現，米老鼠生活中的奇蹟超越了科技的神奇；而米老鼠的存在，也因此為當代人提供了一個足以彌補日常哀愁與挫折的夢境。班雅民還樂觀地認為，透過這個能為現代生活的夢魘提供安慰效果的美夢，人們將可能避免走向集體瘋狂，因為甚至連那些關於虐待或被虐的幻想都已經透過卡通來發洩了，那麼，具有危險性的幻想真的滋長成為現實的可能性，也就降低了。

4 後人類主義的派別相當多，其中過度擁戴以高科技來突破人類限制的派別，雖然不時被詬病為自大的「超人類主義」(transhumanism)，但也有些後人類主義者對科技的強調，是想打破保守封閉的人類中心主義。在這類評論者的眼中，科技猶如為現今的人類接上了讓他們變得更強大的「義肢」，例如今天高度仰賴3C產品的我們，某種程度上其實總已是接上義肢的狀態，而非自給自足的「能者」；也就是說，我們早已是與他者合體、被異質入侵的賽伯格了！和超人類主義不同的地方是，這裡的重點不在於頌揚科技，而在於期待人類能以更開放的態度接納他者。

但是阿多諾對迪士尼卻有完全不同的評價，他不但覺得依賴卡通來紓壓只是一種逃避，更在意那些涉及虐待與攻擊的嬉鬧片段可能產生的負面影響。他認為當卡通中的主角像垃圾般被拋來擲去，觀眾卻哈哈大笑的時候，娛樂很可能已經變質成為殘酷，而隨著影片大笑的觀眾，則成了「認同攻擊者」的一群。認同攻擊者這個概念，原本是兒童精神分析師安娜・佛洛伊德（Anna Freud）所提出的。她在超我（superego）還未發展成熟的孩童身上經常看見這種防衛機轉，當他們面對權威的要求感到無所適從、想要反抗又害怕被懲罰時，就會以為只要自己也占據了攻擊者的位置，便能解決一切的衝突。

安娜・佛洛伊德曾以一個六歲男童的個案來說明上述的理論：這名男童在某次看牙之後來到她的診間時，出現重複削鉛筆再把筆尖弄斷的行為，應對之間也表現出前所未有的高度攻擊欲。原來他一向不怕看牙，甚至還會嘲笑別人對牙醫的恐懼，這次卻被牙醫這個「攻擊者」弄痛了，於是他就把自己也變成攻擊者，以展現敵意來發洩壓力並壯大自我。其他像是怕被很兇的大人責罵，於是自己搶先一步怒容滿面；或是怕黑暗的走廊鬧鬼，就想像自己是鬼，創造出各種怪異的姿勢奔跑通過走廊，都是安娜．佛洛伊德觀察到的類似案例。由此觀之，如果觀眾看到迪士尼卡通裡的角色被折騰，就開心大笑，渾然不覺自己在日常生活中可能正是卡通裡那種受到不公待遇、被惡整的受害者，那麼就像退化回到孩童的階段，以為只要站到攻擊者的那邊去，譏笑受害者，自己就變得強大了。這種退化的表現，正是阿多諾所要批判的，一種無法正面迎擊問題的防衛機轉。

如果說米老鼠卡通是一種防衛機轉，甚至是「集體幻想」，那麼阿多諾和班雅民對迪士尼的迥異評價，某種程度上正指出了幻想所能發揮的最好作用，以及可能帶來的最壞影響：我們需要幻想來宣洩壓力，但如果分不清幻想與真實的差別，就可能帶來災難。雖說兩位思想家大致代表了兩種極端，但阿多諾對迪士尼的嚴厲批評，還是使得班雅民稍微修正了他的立場，承認迪士尼卡通有時確實呈現出對獸性與暴力的默許，後期的米老鼠卡通更曾讓人聯想起中世紀的屠殺場景。有趣的是，今天針對迪士尼的批評，部分來自於迪士尼提供了太可愛的動物形象，因而有誤導、失真之虞，但關於早期迪士尼的爭議，卻是在於是否太暴力、太把虐待當有趣。

直到一九三〇年代開始，迪士尼才逐漸「淨化」米老鼠的形象，讓牠變得越來越可愛、正派，而不再是初登場時那個有些野蠻的米老鼠。也就是說，班雅民所欣賞的那個總像是在嘲弄中產階級故作文明的米老鼠，消失了。但是以暴力來製造笑點的橋段卻沒有消失，只是施虐或受虐的對象，轉成了唐老鴨。

例如在一九四二年的《服務生唐老鴨》(*Bellboy Donald*)中，只因旅館老闆訓誡服務生要牢記「客人永遠是對的」，所以唐老鴨即使面對奧客的惡整也只能忍氣吞聲。牠遭到的虐待包括被踢、被毆、制服被撕爛、被故意亂丟的香蕉皮絆倒等等，而每次的惡整都還伴隨著奧客得意的大笑，以至於故事最後，唐老鴨忍無可忍，以暴制暴地痛打奧客一頓，然後齜牙咧嘴地大笑。這種以牙還牙的橋段並非偶一為之，而是該時期唐老鴨卡通慣用的「笑料」。同年的《唐老鴨打雪仗》(*Donald's Snow Fight*)更讓唐老鴨與唐小鴨叔侄之間相互報復、反目成仇，先是唐老鴨用雪橇衝撞毀掉唐小鴨們精心堆砌的雪人，還因此笑得在地上打滾，再換唐小鴨們用偽裝成雪人的石像引誘唐老鴨衝撞過來，然後看著牠撞得眼冒金星，換牠們哈哈大笑。直到現在，許多卡通的搞笑依然頗倚賴這類的鬧劇(slapstick)傳統，不時出現登場人物們互相往臉上砸蛋糕、絆倒對方、或被打到頭上腫出一個大包等場景。

其實，上述兩位思想家在歧異中也還是有共識，他們都承認，如果看到別人倒楣受罪而樂不可支地發笑，這種笑確實多少沾染了施虐欲的色彩。只是，閱聽大眾若是因為卡通人物受虐而發笑，這代表什麼意義，兩人的評論又變得完全相反。阿多諾憂心，觀眾集體施虐狂式的笑，會強化對於攻擊者的認同；班雅民則預測，透過看卡通時的大笑把人性中必然存在的攻擊欲發洩出來，反而有助於降低施虐的傾向。如何看待視覺文化中嘻笑呈現的暴力虐待，迄今也仍是一個值得討論的問題。但關於此類問題的答案，恐怕亦如阿多諾與班雅民的不同調一般，會持續引起論辯。

詩人波特萊爾（Charles Baudelaire）在〈論笑的本質〉（On the Essence of Laughter）一文中曾說，看見別人跌倒就發笑的人，無意識中想的是：「看看我，我走得多麼挺直！要是我才不會笨拙到連走路也會跌倒。」然而我們一旦套用這樣的邏輯來分析觀看卡通中施虐橋段會發笑的觀眾，又顯得太過嚴肅。畢竟如果連觀看卡通也得一本正經，擔心自己訕笑卡通人物所遭受的災難，會不會就代表自己優越感太強或有施虐欲，恐怕真的會讓現實生活的壓力完全沒有紓解的管道。但話說回來，這又並不表示暴力場景只要被卡通化、幽默化，我們就應該認定「笑一笑，沒關係」。有沒有關係，還是要依施虐或受虐橋段出現的脈絡、頻率、甚至暴力的程度等等來判斷，無法有一個制式、放諸四海皆準的答案。

如果單以迪士尼來說，其實早期米老鼠或唐老鴨卡通裡那種以施虐為樂的橋段已經相當少見，不僅如此，迪士尼還很有意地往越來越符合動物保護趨勢的「政治正確」方向前進。雖然個別影片的成果或許不同，但我們確實看到今日的迪士尼，努力想交出一張不同以往的成績單，這或許多少也反映了動物倫理的意識，終究是開始成長了吧！本章的以下兩節，將先以《動物方城市》（*Zootopia*）與《海底總動員》來檢視一下迪士尼所交出的成績單，最後再以夢工廠所推出的人氣系列《馬達加斯加》（*Madagascar*）三部曲作為比較，討論以推動動保的效果而言，是否成也動畫、敗也動畫？

・・・

至今還記得，小時候看迪士尼卡通《仙履奇緣》（*Cinderella*）時，多麼討厭那隻名為Lucifer、始終破壞灰姑娘好事的貓，而長大之後，我才知道原來Lucifer是魔鬼撒旦的名字。看《小姐與流氓》（*Lady and the Tramp*）時也一樣，裡面的貓抓魚又抓鳥，長相一臉陰森，完全就是反派。卡通裡的動物形象對於我們如何看待真實動物有沒有影響？至少在我個人的例子裡，曾經有一段時間，貓的負面形象在腦中揮之不去，直到我有機會和貓真正好好地接觸，才發生了改變。不只迪士尼，所有以真實存在的動物為藍本，又有許多想像投射層次存在的卡通動畫，都會讓人在想要評估它們的影響力時，感到遲疑：真的需要這麼嚴肅嗎？真的會造成如此正／負面的效應嗎？

另一方面，卡通裡也常有毆打或惡整動物的玩笑場面，這些橋段，又都是無傷大雅的嗎？對於到底該不該把卡通裡的動物相關情節「當真」，我曾經非常猶豫不決。這些問題，在我成為一個以動物研究、文化研究為專長的學者之後，持續困擾著我。例如在《冰原歷險記》（*Ice Age*）裡，瘋狂追逐橡實的史前松鼠「鼠奎特」想用舌頭捲回滾落的橡實，結果反而讓舌頭被凍住而動彈不得，這一幕，讓全場觀眾哈哈大笑，但坐在電影院裡的我卻遲疑了。曾經讀過的，施虐欲和笑的關聯性的理論，在這裡適不適用？我可以笑嗎？雖然我還是笑了，但我也開始研究卡通，甚至以此作為論文的主題，希望能認真面對自己的疑問。這個章節的幾篇文章，因此可以說是記錄了一個愛看卡通的人，心情與研究的軌跡吧？

保護動物，迪士尼有責？
《動物方城市》與《海底總動員》

【上篇】 想像的烏托邦能拯救真實的動物嗎？

在動保意識較薄弱、動物研究也還沒成為學院所認可的研究趨勢時，卡通動畫裡對於動物的擬人化有多麼失真、影片中動物保護的觀念有多匱乏，其實都不會受到太大的重視，甚至，「以娛樂為目的」本身可以成為一塊「免死金牌」，影片中的動物就算展現了真實動物完全不可能出現的習性與樣態，似乎也是理所當然。然而，近年來的迪士尼動畫，卻有越來越符合動保理念的傾向，光是二〇一六年，迪士尼就有兩部以動物為主角的動畫電影，《動物方城市》與《海底總動員2：多莉去哪兒？》（*Finding Dory*），被認為與過去的「動物寓言」頗不相同。

嚴格說起來，這兩部電影都沒有完全脫離「透過動物反思人類處境」的色彩，特別是《動物方城市》。普遍的看法都認為它是以肉食動物與草食動物間的角力，來隱喻美國社會的族群問題：不論是認為影片成功點出了族群間的歧視與衝突，或是批判它的處理不夠到位，都等於是承認「種族主義」才是這個動畫版的動物寓言最終的關切所在。

不過若說片中的動物都只是戴上動物面具的人類，卻也不盡然，儘管動畫不可避免地涉及許多擬人化的呈現，《動物方城市》還是顧慮到了真實動物從外觀到習性的一些細節：諸如綿羊的瞳孔是横向狹長的、獵豹的眼角有著黑色淚紋、兔子的繁殖力極為旺盛、北極鼩鼱的孕期僅二到三周等等。

甚至影片中的一些「哏」，還點到了人類對動物的利用：當綿羊副市長第一次幫主角茱蒂的忙時，她說「我們小動物就應該在一起」，茱蒂回答「像膠水一樣！」英文裡的glue當做名詞是膠水，當動詞則是黏牢，緊附之意，所以茱蒂原本是想附和副市長，強調小動物們應該團結起來，但副市長卻「尷尬地笑了兩聲，沒有回應」。因為在化學工業出現前，有相當多的膠水來自動物結締組織。[5]這彷彿暗示了作為膠水原料「提供者」的綿羊，很難真心欣賞這個建立在剝削上的笑話。從諸如此類的細節就可以看出，比起過去的動畫讓動物們配合「劇情需要」表現出完全不合常理的行徑，《動物方城市》確實展現了更貼近真實動物處境的誠意。

而在諸多關於這部影片的討論中，也真的有評論者認為，《動物方城市》雖然沒有直接處理動物保護的議題，但是當它巧妙地將動物描繪為「不同於人類，有著自己的根本價值」，甚至「有自己的文化、有著不同於人的欲望與需要」時，這個想像的動物烏托邦至少意謂我們願意往動物友善的道路更靠近一點。

在一篇名為〈迪士尼的《動物方城市》，動物寓言的進化〉（Disney's *Zootopia*, An Evolution in Animal Fables）的文章中，動物權人士克里夫頓（Wolf Gordon Clifton）[6]表示，影片中動物市民所居住的區域並不真的那麼類似人類的城市，而

5 引自《國家地理雜誌中文網》的〈電影《動物方城市》與那些你來不及注意的細節們！〉一文，該文尚提供了不少將影片中的動物生態與真實情境相較的資訊。

6 該文作者克里夫頓是美國華盛頓大學博物館學碩士，亦是一位動物權人士。

是分成雨林、沙漠、凍原、洞穴區，這便足以提示我們，「動物」並非一個同質的整體，而是來自多樣、各異的生態系統。也就是說，即使影片中的動物確實依然人模人樣地說話、逛街、吃冰棒、辦婚禮……但透過刻劃不同物種對生態資源的不同需求，影片同時也凸顯了「動物和我們不一樣」的面向。

樂觀來看，這種差異性有可能激發出新的思考；一反動保論述常見的，強調「因為動物有像人之處，所以理應被我們善待」的訴求，「動物和我們不一樣」的呈現，對克里夫頓來說，將能呼籲更多人尊重不同的生命個體與我們的差異。

到底是透過擬人化強調動物和人的相似之處，比較有助於促成先前書中已提到的「共感」，還是該提醒人們人與動物有別，才真正符合「悅納異己」（hospitality）的倫理觀？其實這兩種不同的論述策略原本就不是互斥的，因為人類動物與非人動物，在「動物性」上必然有交疊的區塊，也自然會既有相似處也有差異點；但在動保論述的領域，強調何者比較有利？兩種立場確實各有其支持者。

例如兼具人文關懷與生態知識的《真實的幻獸：從神話寓言中現身的二十七種非虛構生物》一書，就較偏向「異中求同」的取徑。[7]作者卡斯帕・韓德森（Caspar

Henderson）在書中介紹墨西哥鈍口螈時不忘提醒：「現存蠑螈（以及壁虎、鷓鴣和長臂猿）的身體和我們有許多共同之處。蠑螈的四肢或許比大多數人類都小而黏滑，但它們有個基本共同點：都包覆在皮膚之中，含有骨骼、肌肉、韌帶、筋腱、神經和血管。」而在介紹〈扁型動物及其他蠕蟲狀的生物〉的專章中，他更引用了遺傳學家史提夫・瓊斯（**Steve Jones**）的說法——「每一個人，不論再怎麼了不起，都是一根十公尺長的管子，讓食物按一個方向進出」——來聲援他的立場：人類明知道自己是滄海一粟，又忍不住覺得自己很特別，但或許人類可以倒過來想，再怎麼精采傑出，「我們依舊和蠕蟲是一家人，別無出路」。有不少動物保護的倡議者都和韓德森一樣，希望人們能建立「人和動物並沒有那麼不同」的觀念，因為如果我們發現動物和人在生命運作的方式上、在能力甚至形貌上，都有類似之處時，或許比較可能承認，動物也是有感知能力的存在（sentient being）。

7 *The Book of Barely Imagined Beings: A 21st Century Bestiary*，在此引用的是二〇一七年麥田出版的中譯本。

在科普書裡，這樣的強調確實頗有提醒的效果，不過一旦放在動畫電影裡，「相似性」的訴求就很容易被忽略了。因為動畫裡動物與人的相似處，有太多時候還是配合劇情發展及娛樂效果所做的設定，觀眾恐怕不太會因為看到這些相似點，而聯想到哲學家邊沁（Jeremy Bentham）的倫理主張。邊沁曾表示，「問題不在於牠們（動物）是否能推理？也不在於牠們是否會說話？而是牠們是否能感受痛苦？」也就是說，他認為光是「同樣能感受痛苦」這個相似性就已足夠成為正視動物福利的理由。[8]但是當我們討論的對象是動畫時，除非劇情的設定特別凸顯了「動物和人一樣正在受苦」、想透過這種相似性觸動觀眾的感性，否則「牠們與我們如此相同」這個訴求未必能夠傳達到一般觀眾的心中。

也因此，雖然《動物方城市》裡兔子茱蒂和狐狸尼克要解決的關鍵懸案，是包括「獺密特先生」在內的「十二隻動物失蹤案」，而這些動物後來都被發現身陷囹圄，的確可以推論為處在受苦狀態，但是這樣的安排是為了推進這個推理冒險故事的情節發展，不太可能讓觀眾聯想到動物被囚禁時的緊迫狀態；事實上，《動物方城市》確實也並沒有想這麼做。它或許嘗試把真實的動物形象與生態知識適時融入影片中，也的確反轉了早期迪士尼加諸動物的刻板印象，想凸顯兔子未必柔弱、狐狸並不陰險，但是影片更關心的，畢竟是諸如族群衝突如何解決、個人如何自我突破等問題，就像影片中的茱蒂之所以會一反兔子柔弱的形象，扮演起警察的角色，主要的目的依然是要鼓勵人們打破框限去完成自我實現，而不是要為真實世界的兔子「平反」。

當然，《動物方城市》沒有借重動物與人的相似點去推動更多動物保護的觀念，並不表示動畫這個媒介本身並不適合做這件事，雖然比起紀實的紀錄片，娛樂為主的動畫片若要有效推動生命教育的議題，難度可能更高。

不過隨即將討論的《海底總動員》系列，卻仍嘗試為動物的真實處境帶來一些正面的效應，尤其是以親子分離之苦作為故事的主軸、以朋友間的義氣與互助呈現與人類社會的類同，或許都能引起一定程度的共感。即使這樣的「相似性」仍可能被

---

8 引自邊沁著作 *Animal Rights and Human Obligations*。

批評為建立在過多的想像投射上[9]，但當動畫電影展現了符合動物保護運動要求的「政治正確」意圖時，我們似乎也沒有必要第一時間就急著否認它的意義、認定想像的烏托邦無法拯救真實的動物。我們大可以先繼續看下去。

【下篇】《海底總動員》系列在海洋生態教育上的失與得

如前節所言，即使在迪士尼飽受批評的年代，仍然有不少力挺者，認為迪士尼對於動物有靈、甚至是萬物皆可有情的呈現——想想《汽車總動員》（*Cars*）——有助於培養人與物的共感。但這些力挺者多半不會是動保人士，畢竟關心動物與生態的人，看到的都是迪士尼帶來的災難。就像《海底總動員》，主角小丑魚雖然因為被「萌化」而備受喜愛，但對海洋生物似乎毫無幫助，影片反而帶動了觀賞性珊瑚礁魚類的飼養熱潮，加重了海洋珊瑚礁魚類被捕的壓力。[10]這些負面影響造成的批判聲浪，以及社會整體動保意識的提升，或許都促成了迪士尼越來越重視影片可能對真實動物產生的效應。

於是當迪士尼．皮克斯推出了睽違十三年的續集《海底總動員2：多莉去哪兒？》時，符合動物保護運動要求的「政治正確」處處可見。[11]續集以患有短期記憶障礙

9 動物是否具有像人類這樣的社會性與親族之間的緊密關係？這當然是一個爭議的問題，但如今已有越來越多人願意承認，動物的確具有這樣的可能性，特別是如鯨豚這類的高智慧生物。稍後會談到的記錄片《黑鯨》，就曾邀請神經科學家洛莉．馬利諾（Lori Marino）受訪，以專業角度說明虎鯨（即一般所稱的殺人鯨）如何有著緊密家庭關係與社會生活：核磁共振攝影掃瞄的結果，顯示牠們有一部分的腦是人類所沒有的，而這個系統負責處理情緒。「最安全的推論是，這些動物擁有高度複雜的情感生活……牠們把社會關係感發展到另一個境界，比其他的哺乳動物更強大更複雜，包括人類。」

10 小丑魚現在已經可以人工繁殖，但藍刀鯛成功案例還極少，而即使人工繁殖減輕了小丑魚被撈捕的壓力，如公視節目《我們的島》所做的「尋找小丑魚」報導所指出，「無論人類如何塑造人工飼養環境，都沒有自然環境來得舒適，況且小丑魚的生態習性相當特別……一般飼養者很難提供如此特殊演化的環境，根據魚類專家分析，目前台灣海域的小丑魚，確實已面臨生存的危機，因為其演化的特性，比一般珊瑚礁魚類的生存條件還要嚴峻，人類一味盲從畜養風潮，只會加速其滅亡，雖然現在許多研究單位與水族業者積極推廣熱帶魚人工繁殖，但復育的程度卻依舊趕不上破壞的速度。」

11 迪士尼於二〇〇六年併購皮克斯，兩者先前為有著競合關係的不同「品牌」。而標題關於「迪士尼

的擬次尾鯛（俗稱藍倒吊、藍刀鯛、藍藻魚）多莉為主角，第一集中的小丑魚父子馬林與尼莫則成了配角，參與了她的尋親之旅。而這趟旅行的刻畫雖然必定少不了娛樂動畫所需要的各種冒險情節，但迪士尼・皮克斯也似乎卯足了勁要進行一場海洋生態教育。

如果說第一集只是以暗示的方式批判了潛水客濫捉珊瑚礁魚類、爆破捕魚法等等人類活動所造成的海洋生態破壞，那麼續集的手法可以說明白許多：從沉船、廢棄的車子、到寄居蟹用以棲身的馬克杯等各種人類製造的垃圾，都數度出現在畫面中的海洋裡。更不用說將海洋生物展覽館形容為「魚監獄」，或呈現以教育為名的「觸摸池」對展出的海洋生物所造成的傷害。而在歡樂大結局的設定中，還不只是讓多莉找到雙親，許多原本要載送到「魚監獄」的海洋生物，也都在齊聲高呼「釋放」的口號之後，得以圓夢，重回大海。

此外，影片雖然不是以介紹海洋生物相關知識為主軸，但也試著把鯨魚的傳聲定位、魟魚的集體洄游、章魚有三顆心臟等資訊傳達給觀眾，至於名為七條郎的重要配角章魚，所展現的各種偽裝行徑更是續集的一大焦點，既滿足了娛樂需求，又凸顯了頭足類生物的高智慧與能力。而片中以海洋保育為己任的海洋博物館，也不時廣播著「救援、照護、釋放」的目標，相較於曾被點名該為「錯誤呈現動物形象」負責的那個迪士尼，今天的迪士尼．皮克斯確實做出了相當的改變。

我們會發現，《海底總動員2：多莉去哪兒？》走向「政治正確」的第一步，和《動物方城市》很類似，都是讓想像與真實的接合更為緊密。但科學知識的正確性與娛樂考量折衷下的產物，有時難免還是以娛樂為優先，也因此如果從知識傳遞的精準度來要求，仍有其不足之處。《海洋的極端生物》（*The Extreme Life of the Sea*）一書便曾吐槽過《海底總動員》的謬誤，表示如果按小丑魚的真實生態習性來說，父親馬林並不會因為喪偶就過度保護尼莫，而是會變身為尼莫的新母親，同時，又因為牠們共同生活的海葵裡除了馬林就只剩下尼莫，所以尼莫會迅速發展出成熟的睪丸，變成父親的角色，與變成母親的馬林共同養育一批亂倫下的小尼莫。畢竟小丑

有責」的詰問，並非狹義地只關心迪士尼此娛樂工業的理念及運作模式，以其為例分析所得的結果，當也可延伸至其他以動物為主軸、不時將動物擬人化的動畫。

魚是階段性雌雄同體的動物，剛出生時都是雄性，只有最大最具優勢的會變成雌性，其他雄魚則是在雌魚消失時依序遞補，所以如果動畫應具備「傳遞正確的生態知識」這項功能，第一集的劇本從一開始就不能成立了！

至於續集，雖然的確更積極強調保育海洋的面向、帶入更多知識，但還是引起不少觀眾積極挑出其中的錯誤。例如片中描述多莉的「鯨語」是小時候向一隻鯨鯊學的，但鯨鯊並不是鯨魚，而是鯊魚。[12]而最後海水魚多莉跳進卡車司機的（淡）水杯、章魚七條郎開卡車的情節，自然更是脫離現實，僅能在動畫的異想世界中成立。[13]

我們雖然也可以堅持，這些「失真」的部分應該被歸咎為電影有意誤導觀眾、進行錯誤呈現，但也不要忘了，閱讀小說或電影時，某些有違常理的情節，需要我們「心甘情願地暫時擱置懷疑」（willing suspension of disbelief）。事實上，《海洋的極端生物》一書的作者在點出了小丑魚的生態習性之後，還是加上了「迪士尼製片人當初對劇本的決定，可能是正確的」這樣的結論，承認了一定程度的虛構是必要的。

而迪士尼．皮克斯所諮詢的華盛頓大學生物力學家亞當．撒莫斯（Adam Summers）在受訪時也曾表示，如果要以這部電影，來進行關於魚的變性能力的機會教育，其實並不恰當，還恐怕會造成孩童的困惑。因為對於以娛樂為主的電影來說，在某些情況下，正不正確並不是那麼重要。[14]值得注意的是，撒莫斯的訪談並不是要說，既然《海底總動員》原本也就不是「海洋生態教育教材」，所以科學知識的正確與否無關緊要，事實上，他在受訪中同時表示，這是一部攸關真實的、活生生的生態系統的動畫，而影片既以生態系的複雜與美作為說故事的跳板，那麼真相的呈現就有一定的作用，將有助於讓更深刻重要的訴求得以被嚴肅看待。換句話說，既然影片所想像的，是真實的海洋世界，那麼一定程度的真實，就有其必要。

撒莫斯更坦承，即使是娛樂電影，也不該低估孩童的成熟度。他並以一個八歲小孩看過《海底總動員》之後寫給他的電子郵件為例：片中馬林和多莉一度被鯨魚吞進嘴裡，之後又從鯨魚的氣孔被噴出來，但這封來信指出了這個不合理之處，因為

12 見《PanSci泛科學》〈《海底總動員2：多莉去哪兒？》哪裡有問題？〉。

13 http://www.bbc.com/culture/story/20160616-film-review-is-finding-dory-a-worthy-sequel

14 https://www.nature.com/articles/534325a?WT.mc_id=FBK_NatureNews

食道和氣管並沒有相通。透過這個例子，撒莫斯讓我們看到的是，因為《海底總動員》系列顯得很真實，和早期迪士尼天馬行空的擬人化完全不同，也就會引導孩童去注意影片是否確實反映了真實的情況。其實不只是孩童，就如成人，也可能因為影片中的海洋生物刻畫得生動逼真，而好奇地想去查證真實情境中這些生物的狀況究竟如何。比起「強人所難」地要求娛樂片以正確傳達科學知識為首要原則，或許若從上面這種較為妥協而務實的觀點來看，迪士尼·皮克斯所做出的改變，也是一種在嚴肅的保育議題與大眾文化之間尋求平衡的結果吧！

事實上，一部動畫片要兼顧教育意義與趣味性、在保育與娛樂之間取得平衡，並不容易。據報導指出，《海底總動員2：多莉去哪兒？》一開始設定的主要場景是一般傳統的水族館，在皮克斯團隊看過二〇一三年首映的紀錄片《黑鯨》（*Blackfish*）之後，才將水族館改為虛構出來的海洋保育中心。[15]影評〈《海底總動員2：多莉去哪兒？》的10個幕後祕密〉指出，據傳導演安德魯·史坦頓（Andrew Stanton）在這部續集製作期間，特地去探訪了《黑鯨》的導演，打算在動畫中加入反對海生館圈養高智能動物的情節。「不過也許是因為這個議題太過敏感、也不適合小朋友，劇情背景的安排最後還是避開了海生館，改為海洋保育中心，片中也有指出多莉的家是『魚醫院』，而不是海生館。」[16]

的確，若想要將紀錄片《黑鯨》所處理的動物表演議題，帶進以娛樂為主要導向的動畫，有相當的難度，因為《黑鯨》基本上是要透過一隻與三起死亡事件有關的公虎鯨提利康（Tilikum）令人心痛的遭遇，控訴圈養鯨豚來娛樂大眾的行為是如何地不道德。《黑鯨》對《海底總動員2：多莉去哪兒？》的影響，終究還是沒有深遠到足以讓後者設法納入對於圈養鯨豚的正面批判。不過，即使僅就將原初設定的水族館場景改換為海洋保育中心這點來說，迪士尼．皮克斯的決定依舊是值得肯定的，因為當身處娛樂工業的人意識到自己在製作的是一部海洋相關的動畫片、有著保育上的責任，從而開始做出改變時，就表示未來有更多的改變可能發生。

誠如美國學者奧力佛在《動物課：牠們如何教導我們成為人類》一書中的提醒，

15 同註13。

16 詳見《娛樂重擊》〈《海底總動員2：多莉去哪兒？》的10個幕後祕密〉。

在談論動物倫理的時候，我們必須學習欣賞的不該只是牠們與我們的相似，還應該包括牠們與我們如何不同。「我們必須從講求相似性的倫理（ethics of sameness）出發，經由探討差異的倫理（ethics of difference），朝向談論關係與回應的倫理（ethics of relationality and responsivity）發展。」畢竟當我們探討相似或差異時，通常仍然是以人為中心、為指標，但動物倫理更需要致力的，是聚焦於人與動物關係，如此才能針對相似與差異的問題重新加以思考，走向真正足以回應動物的一套倫理。

以此觀之，如果說過去迪士尼動畫中人與動物的相似性，多半是失真的、娛樂導向的，那麼當《海底總動員》打出親情牌時，我們看到了談論「相似性的倫理」的一線希望；而《動物方城市》雖然如同電影名稱所透露的一般，有著烏托邦的想像色彩，但是在努力與現實中的動物生態情境接合、呈現「動物與人並不相同」時，則可說已走向了「差異的倫理」。

至於如何從這兩者更進一步過渡到「關係的倫理」？原本就不是單靠動畫電影本身可以完成的，因為任何文本的影響力從來就不完全只是來自作品本身，不同的「詮釋社群」（interpretative community）如何賦予文本意義，也扮演了一定的重要性。也就是說，如果期待動物保護的觀念能具體落實，閱聽人也同樣需要做出改變。

舉例來說，如果在觀看了《海底總動員》系列之後，家長能利用電影所挑起的，對於海洋生物的好奇心，或是藉由片中對海洋生物感情的描繪所帶動的共感，與孩童一起去主動接觸與關心海洋保育的議題，而不是順應著小孩想買一隻尼莫或一隻多莉回家的要求，那麼對於動保就必然能產生更深遠的影響。

至於那些娛樂片做不到的、不足夠的，更可以主動透過其他相關的紀錄片去了解。例如先前所說的《黑鯨》，既然足以讓《海底總動員2：多莉去哪兒？》把故事設定的場景都改變了，應該也很值得閱聽大眾去深入了解它傳遞了怎樣的訊息。相信被《海底總動員》系列裡的親子關係深深打動的觀眾，如果看到《黑鯨》影片中捕鯨船如何圍捕幼鯨的畫面、聽到硬生生被迫離開幼鯨的母鯨試圖喚回孩子時極度悲傷的聲音，很難不受到極大的震撼。[17]《海底總動員》裡馬林不遠千里也要找

17 根據影片的說法，在一九七六年捕鯨船被逐出華盛頓普吉特灣之前，潛水夫都是用投擲炸彈的方式把鯨豚趕入海灣。但是鯨豚有了類似的經歷之後會學習改變，於是圍捕展開時，沒有孩子的成

回被帶到人類水族缸的尼莫、多莉的父母則一直等待著她回來團聚，這些刻畫當然都是傳統迪士尼就已擅長的擬人化手法，但這種想像與共感的「暖身」，或許也可以成為催化《黑鯨》震撼力的元素，讓更多人得以了解，為什麼長年以來有一些動保人士一直要煞風景、澆冷水地反對鯨豚表演。

我們當然還是可以認為，在動畫電影裡找尋動物保護的契機根本是緣木求魚，若像克里夫頓那般賦予《動物方城市》動保意義、甚至將之與《黑鯨》《地球上的生靈》（*Earthlings*）等嚴肅的動保紀錄片相提並論，更是一廂情願的投射。但是當擅於引起議題性與討論的迪士尼，似乎確實有意往生命教育的方向前進時，我們不妨也繼續從動物研究的角度觀察，未來以動物為主角的動畫是否能激發更多深刻的思考，特別是關於「怎樣才是真正愛動物？」的思考。而認為主流文化、大眾文化也可能有助動保論述，雖看似是過於樂觀的「正向思考」，但說不定也是一把鑰匙，足以打開友善動物的「烏托邦」之門。

⋯

坦白說，當我在電影院裡看《海底總動員2：多莉去哪兒？》時，與其說是欣

年鯨會向東游進死路，母鯨則帶著幼鯨逃向北，但因為牠們仍需要浮出水面呼吸，於是就會被在空中監控的飛機發現，通知快艇前往，把所有鯨魚驅趕在一起，再用圍網漁船一網打盡，最後只帶走幼鯨，至於死在圍網中的鯨魚，則會被切開、放入石頭，沉進海底。

幼鯨被抓走後，其他的鯨魚就在二十公尺外排成一列，久久不願離去。這樣的場面，讓當年捕鯨的潛水夫憶起這些過往時，不得不承認，這根本就是從母親身邊綁架孩子的行為。同時，在影片中，幾位因為愛動物而擔任鯨豚訓練師的人們，都親口證實了在海洋公園的任職經驗為何會成為悲傷、甚至悔恨的回憶。例如前海洋世界訓練員約翰・哈格洛夫（John Hargrove），如此陳述他所見證的一次虎鯨母子分離：「卡莎卡是媽媽，塔卡拉是幼鯨，牠們形影不離。他們（海洋世界高層）把卡莎卡和塔卡拉拆散，把塔卡拉送到佛州。塔卡拉被擔架抬離水池，搬上卡車，載送到機場，卡莎卡不斷發出叫聲，我沒聽過那種聲音。他們請資深研究科學員分析那些聲音，那些是長程聲音，牠發出沒人聽過的聲音在尋找塔卡拉。怎麼會有人看見那一幕，還能認為那是合乎道德？」而另一名訓練員凱洛・雷（Carol Ray）也以她對另一對被拆散的親子的觀察，呼應了前述的說法，她觀察到幼鯨卡蒂娜被送走之後，牠的媽媽縮在水池的角落，一直抖動，尖叫和哭泣，「看見那一幕，你只能用悲痛來形容。」

見影片「置入性行銷」了海洋保育議題，不如說是一直疑惑著：為什麼第一集好像比較好看？難道娛樂與教育意義真的難兩全？而當影片結束前，一卡車的魚在振奮人心的音樂下回歸大海時，我再次地感到不確定：這樣的「歡樂大結局」是不是把「動物解放」想得太簡易了點？

看完電影，沒有被「娛樂到」的我，就這麼把問題一直放在心裡，直到開始閱讀相關的影評，發現持肯定與樂觀態度的評論者確實存在之後，才開始思考，看待這類動物動畫時，有沒有不同的方式？我想，或許因為動保運動多半是要揭開人對動物的剝削利用，所以這些真相更讓人分外不想見或不忍見；而即使無涉極端沉重的內容，動保予人的「說教」或「道德高調」感，還是讓論述難以突破同溫層。在這種情況下，如果有更多大眾影視作品能經由較輕鬆而不至於引起抗拒的形式，帶入動物保護的核心概念，或許的確可以不用這麼吹毛求疵？那些抱持樂觀態度的評論者，應該只是想「借題發揮」，把動保議題延伸出去吧？這樣想之後，我也試著加入了「借題發揮」的一族，並且把《海底總動員2：多莉去哪兒？》再看了一次。這一次，我竟覺得比較好看了，或許關鍵在於，我知道了它曾受《黑鯨》

影響而改變了原始的場景設定，所以好感度上升？總之，這兩部影片之間的「互文關係」讓我私心希望，透過重看、重評《海底總動員2：多莉去哪兒？》，能把更多人帶向《黑鯨》所揭露的，那個我們不想看到、但卻逼動物活在其中的殘酷世界。

誰的快樂天堂？

《馬達加斯加》系列裡的「現代方舟」形象

【上篇】從自願被吃的豬到熱愛表演的獅子

如果說迪士尼的《海底總動員》從第一集「進展」到續集的過程裡，是想往更貼近真實也更符合動保觀念的方向走，那麼以動物園中的明星動物愛力獅與牠的一群好友——馬蹄（斑馬）、長頸男（長頸鹿）、河馬莉（河馬）——為主角的《馬達加斯加》系列三部曲，則彷彿完全沒有這樣的包袱。甚至從一開始，這部動畫就像是要以奇特且完全違反自然的角色設定，來告訴觀眾切勿實事求是，畢竟獅子和斑馬是莫逆之交、長頸鹿和河馬跨物種也要相戀這樣的安排，原本就是要觀眾暫時放下質疑、準備好進入動畫的異想世界。

事實上，《馬達加斯加》系列的主角們之所以能展開一連串的歷險過程，也是奠基於一個真實世界中的「不可能」：在第一集中，原本生活在中央公園動物園裡的主角群，因為馬蹄逃離了動物園，決定去尋找牠，因而在紐約街頭亂竄，甚至闖入地鐵引起大騷動，當園方趕到中央車站尋獲所有走失動物時，用麻醉槍制伏了牠們，還遵從了動保人士的請願，把牠們裝上貨輪、準備送回非洲老家。也就是有這樣的「起步」，才會有後續的迷航、以及在馬達加斯加島上歷險的故事。

然而現實中，不要說動物園中的動物闖入充滿人潮的都市了，就算是反過來，是人類闖入動物生活的空間，動物都難逃被射殺的命運。二〇一八年八月，肯亞知名景點納瓦沙湖的索帕度假村湖邊發生河馬攻擊遊客的事件後，河馬立即被當成兇手擊斃，正是血淋淋的例子。[18]因此，逃離動物園的動物反而幸運獲釋回非洲這種安

18 這起河馬攻擊事件造成一死一傷之後，肯亞野生生物管理局便將河馬擊斃，反對者認為，這樣的做法沒有考慮到是納瓦沙湖周邊過度開發造成了河馬生活棲地變小，才讓受到威脅的河馬出於自我防衛的本能攻擊人類。此事件等於是河馬在自己的生活空間先被干擾，又被貼上殺人兇手的標籤，進而被處死。其他較為人知的例子是美國辛辛那提動物園在二〇一六年五月間射殺了銀背大

排，如同再次提醒觀眾：不用太認真，這就是一部動畫，什麼都可以發生、什麼都不奇怪！

既然如此，為何還要多此一舉地研究《馬達加斯加》如何再現動物園形象，甚至從動物倫理的角度來檢視這三部曲？原因在於，這三部曲的安排，透露了對動物園、乃至對動物表演，極為值得玩味的人類想像。第一集描述動物們逃離動物園，又誤入馬達加斯加，第二集則讓牠們體驗到「應有的」自然非洲生活，第三集中，動物們又因想念動物園而試圖回歸，卻在曾經滄海之後，覺得「回不去了」，於是選擇加入馬戲團。以上的種種安排都頗耐人尋味，也因此，透過思考影片中不時出現的矛盾與曖昧訊息，將能幫助我們重新探討：動物園到底是誰的快樂天堂？在動物園的動物是否可能比野外的動物過得更好？動物園真的是現代方舟嗎？等等問題。

當然，以上這些問題如果由反對動物園的動保人士來回答，答案毫無疑問地將十分明確：動物園不過是為滿足人類、娛樂人類而服務的，動物園中的動物被迫在不自然、通常過於狹小的圈養環境中生活，完全不符合動物福利的要求。然而，彷彿是要質疑這些對動物園全然負面又過於篤定的結論，《馬達加斯加》從第一集開始，便時不時營造出一種動物在動物園也可能很快樂、「動物本身也可能樂於表演給人類看」的印象。

美國作家亞當斯（Carol Adams）在《食肉與色情》（*The Pornography of Meat*）一書中曾提醒我們，許多廣告傾向於將動物與誘人的女體形象結合，例如讓雞掀起迷你裙說自己「腿讚，胸部棒」，而這類呈現方式，都是為了傳遞非人動物自己想要被人消費的訊息：「動物想要你，別亂說什麼受苦、屠宰、非人道處理。沒有的事，是牠們自己**想要**的。」

猩猩哈拉比，原因是因為一名四歲男童跌入圈養大猩猩的壕溝。當園方被質疑為何不使用麻醉槍時，相關人員表示，擔心麻醉效果尚未產生時男童就已發生不測，所以「別無選擇」，但世界知名保育人士珍．古德（Jane Goodall）看了事發當時的影片，判斷大猩猩很可能是企圖保護這個孩子。在人類安全絕對優先的情況下，此類事件可謂屢見不鮮，智利的聖地牙哥動物園甚至曾發生過一名想自殺的男子闖進非洲獅區，園方同樣以唯恐麻醉槍效果不夠快為由，選擇擊斃兩隻獅子的事件。

的確，廣告透過置入「經濟動物們都是自願被吃的」這種暗示訊息，很可能可以讓人減輕因肉食而產生的罪惡感，或至少不用去思考亞當斯所說的，「肉品在成為某人的樂趣來源之前，曾經是他者的生命」這樣沉重的議題。同理，面對「動物園的動物在提供人類歡樂之際，本身的生命是被剝削的」此類來自動保界的聲音，如果人們能相信，動物園裡的動物不但比野外的動物幸福，甚至牠們也可能「享受與人互動」「喜歡表演」，那麼好像就可以「皆大歡喜」了。《馬達加斯加》裡的愛力獅，正具有這樣「安撫人心」的功能，因為牠完全被刻劃成一隻自願表演、甚至是熱愛表演的獅子。

「讓動物回歸自然真的好嗎？」「動物難道不可能喜歡動物園的生活嗎？」從第一集開始，這兩個提問，以及時而搖擺不定的答案，就不時出現在影片中。一方面，我們看到由馬蹄所代表的，對於動物園生活的質疑。馬蹄在第一集開始就明確表達了牠已在動物園待了十年、不想就這樣下去的心意；而夢想回歸自然的牠，第二集中也亟欲加入其他斑馬的群體生活之中，到了第三集，當馬蹄和朋友們歷經劫難回到動物園前，卻紛紛對這個「家」感到陌生懷疑時，也是牠看著園內的壁畫——其中奔馳的斑馬與大象、長頸鹿同處於大自然景色之中——發表了「畫得一點也不像真的，對吧？」這樣的評語。相較於第一集裡牠看到馬達加斯加的日出美景時，天真地讚嘆「和動物園牆上的畫一樣」，第三集中關於「畫出來的自然絕非自然」這樣的「覺醒」，幾乎要讓人覺得，這和動物福利觀念中對於動物園的批判簡直如出一轍。

舉例來說，英國藝術評論家約翰・伯格（John Berger）早在一九七七年的《為何觀看動物？》（*Why Look at Animals?*）中，就曾批評動物園裡的種種裝飾都只是為了製造假象：在被剝奪了自然環境的動物們身後畫上大草原或是水塘，或頂多在動物所在的空間，象徵性地增加一些能指涉牠們原本生活環境的東西，諸如給猴子樹的枯枝、給熊人造岩石、給鱷魚淺水與小石子等等，但這些都像劇場使用的小道具，只是給觀眾看的。而動物呢？侷限在如此虛假的人為環境中，過著隔絕、與其他物種沒有互動的生活，牠們只能變得完全依賴餵養者，大部分的行為反應也因此都產生了變化，以至於對發生在周遭的一切事物顯得沒有反應、漠不關心。伯格觀察到，在這虛假的人造空間裡，動物們總是傾向於縮在邊緣角落，因為牠們以為，「在邊緣之外或許存在著真實的空間」，伯格不無感慨地做了這樣的註解。

而像是呼應這種觀點似的，法國攝影師裴歐（Eric Pillot）的作品《此處》（*In Situ*）收錄了一系列他在歐洲的動物園所拍攝的照片，其中用以圈養野生動物的空間全都因過於人工化地想模仿動物原本的居住環境，而顯得分外滑稽又悲哀，例如把牆壁塗成非洲大草原的樣子，或是為企鵝畫出冰天雪地、為落單的紅鶴畫上幾隻同類。in-situ是一個拉丁文詞組，字面上的意思是指「在原位」，反襯出經常與動物園號稱的「域外保育」功能連結的ex-situ這個詞。透過這系列照片，攝影師想說的是，動物園裡的環境，像是在提醒這些憂鬱的動物們，這就是圈養的世界了，不必再眷戀野外的生活。[19]無獨有偶地，台灣視覺藝術家羅晟文以北極熊為主角的系列攝影《白熊計畫》，也呈顯了世界各地的北極熊生活在動物園人工場景中的荒謬，以及其中透露的問題：「在圈養機構有限的空間和預算下，家與舞台間的混搭似乎滋生著不安的美感，以及值得省思的展示動物問題……沒有機構有能力模擬北極熊原始棲地的尺寸和環境，遊客永遠不會看到冰山與積雪。取而代之，映入眼簾的是草原、泳池、假山、海豹玩具、輪胎、彩繪冰山以及白色油漆。」羅晟文於是說，白熊與人造場景的搭配是「詭譎的視覺組合」，這也「象徵了當前人類與自然生態間的關係」。[20]

如果《馬達加斯加》裡對於人工化動物園的批評，始終都像馬蹄後來的了悟那般明確，或是如果馬蹄在警醒到動物園不該是動物的歸宿之後，並非選擇以馬戲團為出路，那麼我們或許可以說，這系列的動畫在動物倫理意識上是有改變與進展的，

19 攝影師並說：「我希望透過它們觀照出人類自身。到了最後我所拍攝的那些由人類布景和動物組成的幾何構圖作品，反映出的會是一個關於我們自身擁抱未知所帶來的困惑、好奇與恐懼。」引自網路資料〈在圈養的世界裡，動物都得了「牆迫症」〉，另外亦可參考網路資料〈在人工化動物園的「野生」動物憂鬱照〉。

20 見《國家地理雜誌中文網》〈人造景觀中的大白熊〉。黃宗潔在《牠鄉何處：城市．動物與文學》一書的展演動物篇中，亦討論了《白熊計畫》以及羅晟文的另一個動態影像作品《大白熊進行曲》。此作品在奪得二〇一八世界新聞攝影獎（World Press Photo）數位敘事獎項短片組第三名之後，引起更多關注與討論。若想進一步了解此系列作品的攝影理念與過程，可參考《動物當代思潮》李娉婷的〈很科學的藝術創作——訪《白熊計畫》攝影師羅晟文〉與《報導者》吳逸驊、余志偉的〈2018世界新聞台灣攝影大賽得主：羅晟文談白熊計畫〉。

甚至與上述藝術評論家及攝影師們的觀點遙相呼應。但情況並非如此，因為另一方面，我們不斷看到「弱肉強食的野外是危險的」這樣的暗示出現，而且比起針對動物園的隱晦批判，這類暗示訊息的比例可說高得多。最明顯的例子，就是第一集裡主角們目睹弱肉強食的景況迅雷不及掩耳地發生時，所流露的震驚與無可奈何：到馬達加斯加不久，馬蹄、長頸男與河馬莉先是被食蟲植物的「獵捕」能力驚嚇，又接連看到老鼠被蛇吞下、被鳥攫走，再也承受不了這些慘況的馬蹄，於是在看到一隻小鴨落單時，立刻叼起牠狂奔，但才正欣喜於護送牠到安全之地，就眼見小鴨落入躍出水面的鱷魚口中。

而大自然對這群動物的震撼教育似乎還不僅止於此，回歸自然的愛力獅在叢林法則的考驗下，不斷面臨「不適者淘汰」的處境。在第一集中，沒了動物園裡不虞匱乏的食物供給，虛弱無力的愛力獅差點變成想吃朋友的「禽獸」，把馬蹄和其他所有周遭動物都看成肉排，後來還是靠著企鵝教牠吃魚，才解決了這個問題；到了第二集，牠又因為只會跳舞玩耍，無法適應公獅子間打鬥競爭的世界，而差點被驅逐出去。

除了以愛力獅的遭遇凸顯野外生活的嚴峻，長頸男與其他長頸鹿之間的對話也是另一個例子。當長頸男的同伴告訴牠，在野外如果生病，就只能到「等死洞」等死時，牠感到非常錯愕，因為牠所待的動物園，有先進的醫療設備為動物們準備著。這樣的情節隱然呼應了支持動物園者的說法：動物園為動物提供了更安全的環境以及牠們所需的醫療，園內的動物因此甚至比野外的動物更長壽；[21]第三集一開始時，這群動物更是明顯表現出對於野外生活的水土不服，牠們的惡夢竟然是害怕困在非洲老死，還以泥土模型打造出紐約中央動物園、想念著動物園的家，凡此種種，都可以說明此系列動畫就算沒有挑明替動物園背書，但至少不願輕易提出批判。

然而從動物福利的觀點來看，《馬達加斯加》系列看待動物園的方式又真的全然說不通嗎？如果依照對動物倫理學影響甚深的哲學家邊沁所提出的效益主義

21 前一節提到的紀錄片《黑鯨》亦提及這樣的說法，並對此加以駁斥。影片中所訪談的海洋公園解說員表示，野生虎鯨的壽命大約三十五歲，在人類飼養的環境中因為有獸醫的照護，常活得比較久。然而目前的研究已指出，虎鯨的壽命其實相當於人類，只因海洋公園這類環境中的虎鯨往往很年輕就死亡，他們就宣稱所有的虎鯨都在二十五至三十歲死亡。

（utilitarianism）立場，以受苦的程度來評估對待動物應有的方式，那麼難道動物園不是確實可能讓動物承受比較少的痛苦嗎？甚至不要說是動物園裡的動物了，連被人類畜養的經濟動物，看在《吃的美德》一書的作者巴吉尼眼裡，都因為可能符合「承受較少痛苦」的倫理原則，而比野生動物來得幸福。

巴吉尼不但在談到狩獵問題時表示，野生動物被人射殺往往比死在獵食動物的尖牙利爪下更不痛苦，所以「死在我們手上不比其他死法差，甚至常常是更好」，而且認為比起野生動物，管理有方的農場所畜養的動物「簡直像中樂透，過著在野外闖蕩的表親望塵莫及的生活」，因為牠們「所受的痛苦比一輩子在野外生活的動物少：後者沒有獸醫為牠們治病，也不太可能死得乾淨俐落。找部野生動物的紀錄片來看，你就會發現野生動物為了吃飽要互相競爭；幼獸多半出生幾個禮拜就死去；弱者很容易被淘汰，不是被獵食動物叼走，就是被更強悍的兄弟姊妹搶走食物。」[22]巴吉尼對野生動物生活的評價，和《馬達加斯加》系列所透露的觀點，其實相去不遠，只是明說與暗示的差別。

效益主義在很多情況下確實可以提供我們一個相當實用的判準——當人類不可能

完全避免利用動物時，效益主義「減輕不必要的痛苦」這套原則，讓很多想以比較友善或人道方式對待動物的人，至少有了可以有所作為的施力點。但這套原則如果無限上綱，也可能非常弔詭地得出「一個世界如果全然沒有動物，那麼，由於這個世界裡也不會有動物的痛苦，反而是一個比較好的世界」這樣的結論。[23]

如果我們以哲學家納斯邦的「能力取向」論來看動物園的問題，得到的結論將完

---

22 引自《吃的美德：餐桌上的哲學思考》。

23 見錢永祥〈納斯邦的動物倫理學新論〉一文（收錄於《思想1：思想的求索》）。此處所引文句，是他對辛格（Peter Singer）的效益主義不足之處所做的評論，原文如下：「很多讀者讀過彼得・辛格的《動物解放》一書。此書被譽為西方動物保護運動的『聖經』，也是效益主義動物倫理學的經典。書裡用大量證據，顯示經濟動物、實驗動物、同伴動物在人類手上承受的『痛苦』。可是讀者會發現，一方面，辛格所謂的『痛苦』，其實含意很廣泛，包括了多方面的疼痛、剝奪、摧殘、折磨、恐懼、死亡，說『痛苦』其實過於簡化；另一方面，在辛格筆下，除了『減少痛苦』之外，我們看不到他關懷動物的其他理由。在我讀來，辛格的理論邏輯不啻是說，一個世界裡如果全然沒有動物，那麼，由於這個世界裡也不會有動物的痛苦，反而是一個比較好的世界。可是關心動物的人卻會堅持，世界的精彩與豐富之所在，一部分正是來自其中的動物們的存在與活動，即使這些動物正承受著亟待降低的痛苦。這個直覺，效益主義的倫理學無法掌握。」

全不同。納斯邦並不認為痛苦或快樂可以用加總的方式來評估衡量，也因此不像效益主義那樣，認定較少的痛苦就必然是好事，她除了指出有些快樂本身甚至就是壞事——例如觀賞馬戲團表演的觀眾所得到的快樂——並表示動物和人一樣，生命裡有比「快樂」更重要的事情，諸如擁有活動的自由、身體能力得到發揮、為親族與群體做出犧牲，對牠們來說都可能是快樂以外的價值。甚至動物失去父母子女時感到的悲傷也是有價值的，因為這種情感羈絆的本質是美好的，所以如果以「較少痛苦」為判準，認定動物活在動物園、在管理良好的農場裡，就必然比較幸福，顯然是納斯邦的動物倫理立場所不能認同的。

納斯邦提出的主張是，如果我們承認，讓一個生命盡量活出本性（flourish）、以其應有的方式運作，是一件符合正義、具有道德意義的好事，那麼這樣的正義理論也可以推廣到動物身上。如果一個生命主體具有某些能力，但這些能力，特別是關乎其基本權利（basic entitlements）的能力，卻不被允許發揮，這就是一種不正義，因此，不管是人活得不像人，或是動物活得不像動物，都是不正義。[24]而一旦我們把活出本性、讓動物活得像動物這樣的條件放進動物倫理的考量裡，動物園可能面臨的質疑和挑戰自然會更多，因為動物的「能力」，在動物園裡都是被限縮甚至消失的。

這樣再回頭來看《馬達加斯加》對愛力獅這個角色的設定，不得不說是很有技巧的——當牠被塑造成「天性喜愛表演」時，觀眾的確較不容易去思考「動物被剝奪了什麼」這種問題。甚至愛力獅以跳舞娛樂人類的一技之長，還在第二集中成為化險為夷的利器，幫助動物們度過難關，而牠靠著跳舞就讓人類放下槍桿的功夫，甚至贏得父親的認同；儘管父親曾經說牠「不會打架，不是真的獅子」，最後卻和牠一起在人類面前載歌載舞起來。一旦愛力獅的「能力」被刻畫為以跳舞取悅大眾、自己也得到滿足，動物表演涉及的剝削問題、動物園禁錮生活讓動物本性漸失的問題，不就都迎刃而解了？

於是我們看到，熱愛表演的獅子在第三集中成為馬戲團的靈魂人物，不但鼓勵曾因跳火圈失利而垂頭喪氣的老虎找回熱情、挑戰更高難度的表演，還把動物表演當

24 同第一章註11。

成「動物力量」的展現，並認為觀眾對馬戲團之所以失去興趣，是動物先失去了表演的熱情才造成的，這一連串無視表演動物問題的失真設定，終於讓故事的結局，荒謬地安排動物們以馬戲團為歸宿。當動物園不再是理想的家時，馬戲團竟然才是安身立命之地，對動物解放運動者來說，這應該會是讓人瞠目結舌的結局。「動物是自己想要娛樂人類的」，藉著動畫，我們繼續這樣相信，於是，動畫內的動物去了馬戲團，動畫外的動物，也依然不得解放。

【下篇】 親生命性為何是雙面刃？

在【上篇】中曾提到，當愛力獅在野外適應不良，面臨不吃朋友就會餓死、吃了朋友就是禽獸的困境時，是以學吃魚來化解進退維谷的局面。神來一筆地安排愛力獅成為「魚素者」，究竟有沒有娛樂效果以外的任何緣由呢？我們不妨先回想《海底總動員》裡讓人印象深刻的「好鯊魚，不吃魚」橋段：鯊魚們齊聚宣誓「魚是朋友，不是食物」，並由其中要角布魯斯發毒誓保證：「我已經三個星期沒吃過魚了，說謊的話就讓我被剁碎煮成湯。」鯊魚本是海洋中的高階掠食者，在動畫中竟為了當隻「好鯊魚」而壓抑捕食天性，否則還寧可自願變成魚翅湯這種人類社會中的「殘酷料理」。[25]既然連配角都是不吃魚的好鯊魚，那麼作為《馬達加斯加》主角的愛力獅，當然得是隻不吃肉的好獅子，變成魚素者，可說是讓愛力獅「解套」，得以繼續保有好獅子形象的關鍵，也才符合觀眾的期待。

真要追溯起來，規避肉食動物獵捕畫面的這種傾向，其實不是卡通動畫的專利，從食品廣告到動物園的宣傳，都曾有老虎以素食的形象出現；前者就是大家所熟悉的，推銷玉米片的湯尼虎，後者則出現在紐約布朗克斯動物園的廣告中——虎山園區開幕宣傳時，主打的就是小男孩遞甜筒讓老虎舔舐的「溫馨」圖像。問題是，我們為何如此不合常情地期待肉食動物吃素？

25 無獨有偶的是，《鯊魚黑幫》（*Shark Tale*）這部動畫片中的「好鯊魚」連尼也明白表示自己是素食者，毅然放走了牠的蝦子大餐。

曾有不少研究認為，肉食動物的攻擊性之所以被規避，是因為人類想強化自身的優越性，不想凸顯動物可能挑起的恐懼。但另一種說法是，人們會想避免呈現動物狩獵或吃肉的樣子，其實是「親生命性」使然：因為人類天生就有想要與其他生命形式接觸和親近的特質，而若想與肉食動物和平共存、甚至建立不同物種間的友誼，這願望就只能透過「肉食動物吃素」的幻想來達成了。[26]證諸《馬達加斯加》，不吃肉的愛力獅不就既滿足了這種親生命性，又代替人們實現了「跨物種友誼」的可能？

有了親生命性為由，《馬達加斯加》動畫裡的「扭曲」，似乎不但很自然，還很必要；但值得注意的是，親生命性也是支持動物園的人常訴諸的理由。動物園被視為滿足親生命性的一個管道，而有了近距離看見真實動物的機會，才可能由喜愛動物進展到想去保育動物。親生命性作為如此「萬用」的理由，到底是用以剝削動物的藉口，抑或是保護動物的初心？在【下篇】中，我們就從親生命性的訴求所帶來的利弊談起。

親生命性是生物學者威爾森（E. O. Wilson）提出的假設，他認為人類「與生俱來就傾向於關注生命，以及栩栩如生地反映生命的那些過程」：我們認為其他生物是新奇的、多樣的，會被牠們吸引，甚至有時會想與牠們進行感情上的交流，正是因為人類天生就具有親生命性。[27]而替威爾森這種親生命性乃人類本能的主張背書的，正是參觀動物園的人們：在美國，每年參觀動物園的人次之多，超過觀賞大聯盟各項職業運動比賽觀眾人數的加總。可見親生命性此概念和動物園的淵源之深。[28]

但親生命性的假說提出至今，有越來越多學者對此說抱持懷疑態度。反對者認為，如果人類有親生命性，何以在今天的世界，物種的滅絕程度會發展至每年幾乎有兩萬種物種滅絕的境地？而且這些滅絕，幾乎全都是人類造成的。昆蟲生態學者

26 以上整理自June Dwyer "Do Not Feed the Animals: Do Not Touch: Desire for Wild Animal Companionship in the Twenty-First Century."

27 威爾森親生命性的概念早已廣被引用，台灣亦有其著作之中譯本，關於此概念的進一步介紹可參考《生物圈的未來》（*The Future of Life*）一書。

28 Ralph R. Acampora, "Zoos and Eyes: Contesting Captivity and Seeking Successor Practices." 此文中提及的參觀動物園人次與職業運動比賽觀眾人數的比較，則引自一九九七年的文獻。

洛克伍（Jeffrey A. Lockwood）還曾列舉整理過不少反對親生命性的說法，質疑親生命性的遺傳性；他認為與其說人類天生有關愛生物的傾向，不如說人類更愛可被人利用的無生物。證諸今日社會，人類對於有利其生存的物件所展現的執迷，早已取代了對大自然或其他生物的愛，甚至我們如果還在意活生生的事物，也可能是因為牠們可以轉換成對人有用的事物。

面對這種現況，如果親生命派還硬要說，這是因為無生物若有著栩栩如生的特質，也會讓人喜愛，甚至把對摩天大樓的愛解釋為人在其中看到了白蟻丘的原型，對機器的迷戀是因為它們的自動反應彷彿有生命一般，對電腦的愛則是因為電腦軟體可以受病毒感染、可能有「蟲」，所以依然都與生命有著呼應性，那麼豈不是什麼都可以解釋為親生命性的展現？

洛克伍還提到，如果以我們說得出名字的生物數量來衡量所謂的親生命性，會發現我們根本對自然無感——在人際中，我們對於連名字也不記得的人，恐怕稱不上和他們有多深厚的關係，而當我們說得出的生物名字如此之少時，不也透露了我們對自然的態度？[29]近來有澳洲自然保育學者指出，認識物種的名稱與保護物種之間有著微妙的關係，如何稱呼一個物種或是否決定命名，都可能影響大眾對保育的支持，因此主張應該為澳洲鳥類亞種命名，這似乎也正呼應了以上的推論。[30]

不過，如果親生命性是如此可議、或說至少是可疑的概念，何以自威爾森提出這個假說以來，也曾受到不少動物研究者的共同擁護？如果動物園確實相當程度地滿足了人類親近動物的需求，我們又該如何看待這一個現象？曾經被推崇的親生命性，已經形變為「愛之適足以害之」了嗎？在驟下定論之前，或許我們有必要回顧一下親生命性之說何以曾經是——甚至現在對有些學者來說依然是——動物倫理訴求的立基點之一，何以他們認為以親生命性為訴求，能有效呼籲人們對動物負起倫理責任。

29 以上反對親生命性的說法均整理自洛克伍二〇一三年出版的 *The Infested Mind: Why Humans Fear, Loathe, and Love Insects* 一書。

30 這項研究報告指出，過去在保育上，亞種的價值經常被忽略，如果建立英文俗名以及一份亞種的俗名清單，對保育澳洲鳥類將有所助益。見網路資料“Can Common Names Help Avian Subspecies Conservation?”。

作為親生命性說法的支持者，動物研究者崔克索（Mary Trachsel）延續了威爾森的概念，把親生命性視為一種情感與美學的經驗。她認為若只是以學院式的、疏離的態度去關注自然，往往未必能啟動人們對於自然世界的關懷、或讓人進而想去照顧更多生命，因為真正能產生這種啟動力量的，是愛，是大自然帶來的驚奇，也因此我們不能只是透過第三人稱的客觀知識去理解自然，也應該從第一人稱的日常經驗去感受動物。

當然，先客觀理解自然、再根據利害得失權衡我們在保育工作上該做哪些事情，這和親生命派從愛出發的保育路線也可能殊途同歸。例如面對環境危機的問題，法國哲學家塞荷（Michele Serres）便曾指出：「如果我們認為我們現在的所作所為是無害的，而我們賭贏了，我們什麼也沒贏，歷史只是繼續前進，但如果我們輸了，完全沒有為可能的災難做準備，我們就全盤皆輸。相反的，如果我們選擇認為我們應該對環境負責任，雖然輸了，我們也沒有輸掉什麼，但如果贏了，我們就贏得了繼續在歷史中存在的機會。一邊是沒贏或輸，另一邊是贏或沒輸。哪個是比較好的選擇，顯然很明白。」[31]這種以賽局理論（game theory）考量得到的結果，和親生命性一派想要呼籲的目標其實是一致的，只是後者選擇以感性的方式指出：如果我們不負起對環境的責任，我們將失去那些我們所愛的事物。

既然如此，這些支持親生命性假說的學者又為何一定要強調愛呢？很大的原因，是因為他們注意到，許多主流的自然保育人士雖然也力倡人類對動物應負有責任，但他們談論倫理責任時，卻透露出一種管理的意味，依照一套「保育救傷分級制」（conservation triage）——檢視受害者、評估受傷程度與存活機會、隨時準備犧牲某一些以拯救另一些——來決定如何管理與控制其他物種的命運。在進行這些「管理」的時候，人類自己似乎自外於生態系、不受那些束縛其他生物的法則所限制，彷彿人和世界上的其他生物是可以切割開來的，生態保育也變成好像不是不同物種如何共存續的問題，因為人已被自行提升到支配者的位階了。

其中「保育救傷分級制」式的做法除了有人類中心主義之嫌，還可能過度從利害得失的經濟現實觀點來考量攸關生命的倫理議題，而當所謂的利害得失是依人類短

31 引自崔克索"Reviving Biophilia: Feeling Our Academic Way to a Future with Other Animals"一文。

程的社會需求來決定時，對其他物種的可能影響也就更令人憂心。換句話說，提倡親生命性最重要的目的，就是提醒人類找回原初與其他生物之間的連繫，體會來自生物之美的吸引力以及情感的共鳴，如此也較可能把自己放回生態系之中，而不是自居生物圈的管轄者。

問題是，雖然強調親生命性的一派一開始所主張的是，主觀感受到的經驗與客觀觀察下的知識，兩者都有其重要性，也都是理解其他物種時不可偏廢的，但親生命性這套說法，在今天卻似乎越來越常被用來合理化人類以動物為娛樂的行徑。看動物表演是因為愛動物、到貓頭鷹咖啡館消費是因為天性會受野生動物吸引、到可愛動物園區觸摸動物是因為想親近其他物種，甚至國外有些昆蟲展覽館也推出觸摸區，主打讓孩子實際觸摸昆蟲以克服恐懼……在上述這些人與動物的接觸中，被「親近」的動物要付出怎樣的代價、有什麼下場，卻不是多數人所了解或關心的。

動物研究者阿坎坡拉（Ralph R. Acampora）在一篇探討動物園的論文中就提到過，許多人或許真的是基於想親近自然的需求而去參觀動物園，問題是多半的動物園完全沒有達到它們宣稱的功能：讓人們更尊重荒野、理解人的侷限以及生物之間的共群性、發現人與其他物種在這世上是相互依存的……相反的，他認為許多人不但沒有因為參觀動物園而增加了對自然或動物的了解，反而還強化了人類更優於其他物種的想法，因為動物園往往致力打造可以娛樂觀眾的景觀或推出動物表演，而不是以保育或教育為優先。[32]在這種情況下，就算親生命性的說法並非毫無根據，卻對於我們想親近的生命沒有幫助。

而為親生命性背書若推到極端，還可能出現把自然科學博物館內「請勿觸摸標本」的標語視為我們想親近動物的證據：有研究者認為，這禁令弔詭地說明了我們有多麼想觸摸即使已變成標本的野生動物、我們想要更靠近牠們、和牠們同在一個空間，一如我們想親近被馴養的家畜一般。這些動物標本被認為可以喚起我們與其他生命平等連結的感受，而不是征服欲的展現，甚至於狩獵，也可以如此觀之。[33]如

32 出處同註28。

33 出處同註26。或許有些人會同意，想要觸摸馴養的動物是親生命性的展現，畢竟自從強調能把動物當寵物般觸摸的可愛動物園（petting zoo）出現以來，不少父母看到自己的孩子觸摸動物，都會欣喜地認為孩子展現了愛動物的心。不過動物研究者舒金（Nicole Shukin）卻不認為如此，她在

果親生命性是用來鼓勵人類以愛之名恣意接近與利用動物，也就難怪反對親生命性的一派會激動地說，生命不需要我們的愛（the "bio" doesn't need our "philia"）。[34]

當然，我們可以不必在支持親生命性與反對此假說之間二選一，但我們確實必須了解，把親生命性當成人類的本能並加以合理化，對生態保育來說有它的侷限與危險，因為我們很可能未必知道怎樣的親近才不會造成傷害。若回到動物園的例子來說，阿坎坡拉一方面認為，動物園即使以讓人看到「野性」動物為目標來打造「自然」環境，再怎麼樣都還是與滿足動物的天性有相當距離，但是另一方面他也承認，參觀動物園的人數之多，讓我們不能忽略親生命性的需求可能確實存在。面對這個難題，他認為我們因此更需要嚴肅地思考，如果想接觸動物，什麼樣的情況是較好的，例如不以滿足人類觀看需求為優先的動物救傷中心，或是如澳洲企鵝島這類的地方，就是她認為比較理想的觀看場域。

如同哲學家林吉思（Alphonso Lingis）所言，生物現象的豐富性就像萬花筒般，有時牠們的形式與顏色之多變與眩目，早已超出偽裝欺敵或溝通行為的基本需要，這些猶如存在於生物自身之中的炫耀與展示性，若是會吸引我們觀看的欲望、帶來視覺上的快樂，似乎也是很自然的事。但我們還是必須了解，那些豐富性並不是為了讓人類觀看而存在的景觀。[35]因此，在有機會接近與觀看動物的時候，拿捏適當的距離、讓自己準備好接受牠們所展現出的各種未知，並容許動物不以我們期待的方式出現，才是一種比較好的、既能滿足親生命性，又不傷害動物的方式。換句話說，我們終究必須面對的現實是，不管天性傾向如何，人如果想和自然世界建立親近關係，絕對是需要學習的，只是以愛之名，並不足以保護任何生命。

・・・

其中看到的是，人們如何把觸摸動物當成足以培養出某種感性能力的「技術」（technology）。在父母眼中，他們成長中、正待成為新好市民的孩子觸摸了動物之後，彷彿就等於發展出了同情的能力，但事情當然並非如此簡單。至於把觸摸標本與狩獵也視為親生命性的展現，需要斟酌之處自然就更多了。可參考舒金的 *Animal Capital: Rendering Life in Biopolitical Times* 一書。

34 出處同註29。

35 出處同註28。

喜歡動物的我，曾經也喜歡逛水族館與動物園。但對於動物園有越多了解，就越無法回到最初的心境，甚至後來當我以動物倫理為研究領域、因執行研究計畫而參訪動物園時，也每每感到心情低落。在僅活到四歲的明星北極熊努特猝逝之前，我曾兩度造訪牠所在的柏林動物園，兩次都感覺非常哀傷。

努特幼時的「超人氣」，讓動物學家判斷牠將成長為離不開人類掌聲與注目焦點的問題熊，而我初次看到牠的那天，就是一個牠已失去掌聲及注目的陰雨天。在現場我所看到的，不是觀眾圍觀努特，而是努特在看有沒有人在看牠。當然，這也許是我受到相關新聞報導暗示之後的投射。但第二次，就明顯不是我個人的投射了，因為牠表現出常見於禁錮動物的刻板行為。相較於另一隻北極熊在水池中看似開心地玩著木棍，努特只是不斷地繞圈圈走來走去，我不忍看下去，決定先走訪園區其他地方之後再回來一次。我暗自希望到時能看到牠停止繞圈，那麼我就可以安慰自己，剛才看到的不是刻板行為，只是踱步。明知道即使再回頭能看到牠停下來，在更多我看不到的時候，牠依然可能繼續繞圈，但我還是不想讓那一幕留在我腦海中，銘刻為我對努特的記憶。結果我自欺欺人的計畫並沒有成功，當我再回來時，牠仍然在繞圈，而先前被我認定為比較快樂的那隻，也同樣還在玩木棍——所以另一隻真的比較開心嗎？還是也只是牠單調生活中無意義的重複？開心的，只有覺得牠在雜耍表演的人類吧？不管是我親見的，或是我閱讀的，都讓我覺得動物園對動物剝奪得太多，讓牠們離「活出本性」太遠，因此，即使我再喜歡親近動物，還是無法說，牠們應該為了我們的喜愛與我們的快樂，那樣活著。

【第三章】

邊緣的人遇上命賤的獸

失控的黑暗——愛倫坡的〈黑貓〉

【上篇】　他們為什麼虐待動物？

美國作家愛倫坡（Edgar Allan Poe）的〈黑貓〉（The Black Cat），是一則驚悚程度令許多讀者掩卷之後仍覺不快的故事。行兇的主角擔任敘事者，在受死前「告解」他如何殺死妻子與兩隻黑貓。根據主角自己的說法，他的個性原以馴良溫柔著稱，然而特別溫柔的性情卻讓他成為同儕嘲弄的對象。他並透露自己很喜歡動物，在父母的寵溺下也真的養過許多動物，享受著餵食和撫摸牠們的快樂，直到長大成人之後也是如此；他還盛讚狗的忠心以及狗對人無私的愛，認為那是人際間淡薄的情誼遠遠比不上的。他在婚後和妻子共同養了許多動物，其中最心愛的，就是一隻很有靈性的黑貓普魯托（Pluto；代表冥界之神）。

至此，我們或許看不出這個故事何以會轉變為一則籠罩著死亡與暴力陰影的故事，主角身上究竟發生了什麼事，會導致他性情大變，甚至成為殺妻兇手？其實，直到故事結束，讀者還是沒有得到確切的答案，因為主角從頭到尾，都是用「自己也是受害者」這樣的口吻在自白。他要讀者相信，是「酗酒」像魔鬼般纏上他，讓他性格改變，不但讓他開始虐待家中動物，還連曾經心愛的普魯托也不放過，在施虐程度一再升高的情況下，終於把貓吊死在樹上。

鎮日酗酒的主角後來在半醉半醒間又從酒館帶回一隻呼嚕著對他示好的黑貓，而妻子也對這隻貓疼愛有加，但主角卻認為牠胸前的白毛形似絞刑台，是在指控他吊死前一隻黑貓普魯托的罪行，於是越來越厭惡、甚至害怕這隻貓，貓咪越是對他黏膩撒嬌，他越是被恐懼折磨，他同時把自己越來越喜怒無常的個性，歸咎於黑貓造成的影響，並且承認自己開始對妻子施暴以發洩怒氣。在這段陳述中我們依然可以看出，主角暗示是黑貓的存在折磨著他，施暴並不是自己的錯。

某次和妻子一起走往地下室時，主角差點被亦步亦趨的貓絆倒，一怒之下就舉起斧頭準備把貓砍死，這時，妻子抓住他的手想阻止，據他的說法，他是被這舉動激怒，才把斧頭劈進了妻子的腦門——不過就如不少評論者所指出的，殺妻更可能是預謀，甚至一直以來，被憎惡恐懼的黑貓都只是妻子的代罪羔羊。

事實上，愛倫坡確實也埋下了如此解讀的線索，就是讓主角說溜嘴——前一刻還想佯裝為失手殺死妻子，下一刻卻用「恐怖的謀殺」（hideous murder）形容自己的行為。接著，他更冷靜地分屍、把屍體砌進地下室的牆裡藏匿，直到警察入室盤查卻沒查出蛛絲馬跡，才由他自己一手揭露罪證。他在警察臨走前故意用手杖擊牆、讚美牆的堅固，牆卻塌了下來：「在屍體頭上，張著血盆大口、獨目中閃著火光的，正是這隻可怕的野獸，是牠的詭計誘我犯下謀殺罪，是牠告密的叫聲把我交給了劊子手。」殺妻並且活埋了黑貓的主角下了這樣的結論，認為從犯行到東窗事發，全都是黑貓的詭計造成的，是如同女巫般的黑貓，把他送上了絞刑台。

這份疑點重重的自白書，到底該怎麼解讀呢？當然，如果讀者想試著挖掘「其情可憫」之處，也許會猜想，雖然愛倫坡只是約略提及主角曾因性情溫柔而遭受嘲弄，但這輕描淡寫的一筆，會不會也是解謎的關鍵之一？在傳統父權社會中，不夠陽剛的男性往往在同儕間會受到奚落甚至霸凌，主角是否可能因為不具典型的男性特質而在某種程度上成為「邊緣人」？被排擠、被邊陲化的人就去輕賤或惡待其他生命，甚至以此來證明自己並非是最弱的、位在權力位階最底層的，這種行為固然並不足取，但會不會是確實存在的現象？[1]

事實上，針對動物虐待者的心理所做的研究，一直以來並不多。二〇一三年出版的《精神疾病診斷與統計手冊》第五版（*The Diagnostic and Statistical Manual of Mental Disorders*，DSM-5），在品行疾患（conduct disorder）的類別下，提出「曾對他人施加冷酷的身體凌虐」與「曾對動物施加冷酷的身體凌虐」兩個準則項目，但也只是列為項目標準之一，並未區分「對他人」與「對動物」凌虐的心理發展差異或行為特徵的特異度。[2]也就是說，若要追究動物虐待的「起因」其實並不容易，

1 此處可參考本書第一章〈蝴蝶〉該節的相關討論，下一節〈蒼蠅〉亦會對此做更多分析。

2 此處相關資料原出自"Correlates of Cruelty to Animals in United States: Results from the National Epidemiologic Survey on Alcohol and Related Conditions"，並就教台灣大學心理系的林耀盛教授，做了如正文所述之詳細補充，並表示動物虐待與對人施暴兩者之間雖具關聯性，但仍有待未來的

畢竟相關的研究資料與論證都在建立與發展中，當然更不可能單憑故事中有限的線索，就宣稱主角的虐待行為必然肇因於他自身曾被欺壓。話說回來，文學家的描寫倒也並非憑空想像，反而可以看出與相關文獻既有的觀察不謀而合之處：例如，動物虐待（animal cruelty）與對人施暴（violence toward humans）兩者之間的關聯性，在〈黑貓〉中就呈現得非常明顯。[3]

而愛倫坡對於主角無法處理自身問題就找動物來洩恨的描述，更非無的放矢。耶魯大學學者凱勒（Stephen R. Kellert）與精神科醫師費爾特斯（Alan R. Felthous）在合著的動物虐待研究文獻中，曾整理出九種虐待的動機，其中自然有直接針對動物而發的。例如，覺得動物展現了自己不喜歡的某些特點，因此想除去這些特點以控制動物、形塑牠們的行為，這點就位居九大動機的頭一項；有些飼主為了怕家具被破壞而將貓去爪、或嫌狗吵就切除狗的聲帶，基本上都屬於這種動物虐待。另外，被動物激怒因而想報復動物本身、或是對某個物種原本就有強烈的偏見，從而產生超乎常理的極端暴力行為者亦有之，這類的動物虐待者還會用「這種動物本來就該死」來合理化自己的施虐；而證諸若干實例，我們不難發現，有些人消滅老鼠的方式已經不僅是為了除「鼠害」而已，還以極殘酷的方式來虐殺這種「害獸」，甚至轉發「分享」老鼠被虐殺的影像；長期以來人們對於「鼠輩」的種種偏見，似乎使得撲殺老鼠的方式再暴力也不會被追究。[4]

相關研究，進一步探討兩者間心理社會發展歷程的異同之處。

3 據“Correlates of Cruelty to Animals in United States: Results from the National Epidemiologic Survey on Alcohol and Related Conditions”一文指出，已有越來越多相關的文獻承認，動物虐待與對人施暴之間具有關聯性，儘管這些研究彼此間仍有不一致之處，例如動物虐待也被認為和酗酒高度關聯，此外和病態性賭博、強迫症、戲劇性人格障礙等等也都可能相關。

4 二〇一六年六月，基隆一名男子將一段惡意凌虐老鼠的影片轉貼在Line上，從而經由轉發流傳出去。影片中將老鼠四肢綁在鐵柱上，拍攝者並強逼老鼠吸菸，之後凌虐致死，一旁插著的紙板則寫著，「懸掛槍決、死刑定讞」。基隆市動保所接獲檢舉後認為，散布凌虐老鼠的影片已違反《動物保護法》，應處一年以下有期徒刑、拘役或併科三萬元以下罰金，但基隆地檢署檢察官認為，由於無法查出影片中的受虐溝鼠是否有人飼養或管領，全案最後以不起訴作結。同年另一起以熱水淋燙溝鼠並將影片傳上網的案子，也同樣因溝鼠並非有人飼養管領的動物，且淋燙過程「僅五、六分鐘」，被認定為不構成虐殺，虐鼠者獲判無罪。《鳴人堂》《動物當代思潮》專欄曾刊出〈公開處決不犯法？好鼠壞鼠都是不該被虐待的老鼠〉一文討論此二案。值得注意的是，虐殺老鼠後還上網炫耀的行為，已經不能完全用正文中所列的九大動機第三點來說明，也還可能包括第五或第六點，即以虐待動物來使人對自己的攻擊性印象深刻，或是刻意嚇人取樂。

然而除卻上述這些「衝著動物來」的敵意之外，該篇文獻所列出的第四到第九點其實都指出了一件重要的事，就是動物本身是否真的曾激怒或傷害犯行者，或許並非動物虐待發生的關鍵。這四到九點分別是：四、透過動物來發洩攻擊欲；五、利用虐待動物提升自己的攻擊指數：例如以虐待及殺害動物來促使自己的攻擊能力更進步、或以此恫嚇他人，讓別人對自己的暴力程度留下深刻印象；六、用動物虐待驚嚇別人以取樂；七、以動物虐待來報復人；八、把對人的敵意置換到動物身上：通常當自己不敢對痛恨或恐懼的對象採取攻擊行動時，就可能把敵意表現在動物虐待上；九、為了得到施虐的快感，而這通常是想全面控制掌握動物，透過享受這種權力的滋味，來彌補自己的欠缺與脆弱感。[5]

我們可以看出，在上述這幾種動機中，動物都只是一個工具，而且常常是用以宣洩施暴者無法處理的、對他人的敵意或對自己的不滿。以此研究報告回頭來看〈黑貓〉，倘若主角如自己所言，確實因溫柔的個性成為被同伴嘲弄的對象，那麼和第九種動機就頗為符合，也就是想透過掌控動物，來感覺自己不是最弱的。問題是，愛倫坡有意要我們推論主角「情有可原」嗎？換成現實中的術語來說的話，愛倫坡所刻劃的，是不是一個根本不具責任能力的罪犯？他是否患有嚴重的精神疾病，以至於無法判斷自己的行為是違法的？

我們雖然不可能為文學作品中的人物進行即使在現實中也極困難的精神鑑定，但如果考慮到愛倫坡刻意使用了「不可靠的敘事者」（unreliable narrator）此一常見的手法，或許可以說，愛倫坡至少有意要讀者對主角的可信度保持高度戒心。例如主角的自白看似是「人之將死，其言也善」，卻在在透露出他並不認為自己是一切犯行的始作俑者，還表示自己是被這一連串事件嚇壞、折磨、毀滅的受害者；他甚至說，自己可能還是太容易激動了，才會覺得他接下來要述說的事件十分恐怖，如果是比較理性而鎮靜的人，說不定會認為他所陳述的一切，只是因果必然下的尋常事件。而我們在他後續所謂的自白中，也不斷發現他處處想要推卸責任，不是把一切說得事不關己，就是把自己當成受害者。

5 見凱勒與費爾特斯合著“Childhood Cruelty toward Animals among Criminals and Noncriminals”，下一節將要討論的〈蒼蠅〉一文，所展現的動物虐待型態就屬於此處列出的第八種。

例如他之所以看似不經意地提起，妻子曾告訴他黑貓是女巫的化身，用意其實是要暗示，他如今會覺得黑貓邪惡可怕，是被妻子「洗腦」的結果。而面對自己酗酒造成的性情大變，如前所言，他也只是把「酗酒」擬人化為魔鬼，好為自己開脫，彷彿自己是在不可抗力的情況下才變成一個施暴者。[6]凡此種種，都說明與其說主角「心神喪失」，不如說他心思相當縝密，很懂得為自己辯護，並且相當程度上非常信仰理性。例如他吊死普魯托的當天夜裡，住處就發生火災，災後的斷垣殘壁中竟可見一貓形浮雕，脖子上還繫著繩索，主角雖然感到害怕，卻拒絕以靈異現象來解釋，而是展開一番理性解讀：一定是火災引來觀望的人潮，於是有人看到貓被吊死在樹上，就切斷繩索，把貓從窗戶丟進來，試圖叫他醒來逃生。貓屍被丟進火場之後，被其他倒塌的牆壓扁，倒在剛塗了石膏的牆上，貓屍散發的阿摩尼亞就和牆上的石灰物質作用，構成了貓形浮雕。這一整段「推理」，充分顯見他想依賴理性、科學來解釋不可知的現象。難怪芮德（Roberta Reeder）及法拉薛（Richard C. Frushell）等評論者都認為，在愛倫坡筆下，主角是一個聰明、凡事都想訴諸智性、找到解釋的人，甚至可說理性過了頭（ultra-rational）。[7]由此觀之，心神喪失或徹底瘋狂應該都不符合主角的形象。

尤有甚者，主角在解釋自己為何要吊死普魯托時，很狡猾而有技巧地把全人類都拖下水，說這種「為犯錯而犯錯」的天性人皆有之：誰不曾在理智上明知律法如何要求，卻偏偏想要違法呢？這種倒錯的傾向，其實是人性中深不可測的欲望啊！他如此舌粲蓮花地解釋，幾乎都要讓人信以為真了！只是當他強調自己如何含著淚把貓弄死時——「我吊死牠是**因為**我知道牠曾如此愛我……**因為**我知道如此做的時候我就犯罪了……犯下最慈愛或最令人敬畏的神都拯救不了的罪」——讀者或許就能回過神來，發現他的「倒錯」（perversion）絕不能用人性普遍具有的欲望來解釋。

---

6 英文裡的intemperance有不節制、放縱、酗酒之意，故事中的主角提到這個詞的時候，刻意將之大寫，並且與魔鬼（Fiend）一詞連結，把酗酒的行為解釋為肇因於自己受控成為魔鬼的「工具」。

7 法拉薛更認為，或許也就是這種過度壓抑本能、情感的傾向，造成了主角的失衡，畢竟理性與情感，智性心靈與動物性本能，同樣都是構成人的要素，不能二選一。故事最後，黑貓在屍體頭上張著血盆大口的那一幕，猶如反諷地宣稱，被主角所摒棄、壓抑的動物本能終究反撲，戰勝了由「頭」所代表的智性。可參考“‘An Incarnate Night-Mare’: Moral Grotesquerie in ‘The Black Cat’”一文。

相反的，他的說詞顯示了他既不能面對自己的心理問題，又無意承擔行為責任，而這樣的結果，自然就是在死了一隻普魯托之後，還會有犧牲者出現，那就是第二隻黑貓，以及他的妻子；直到他就逮，一切才停下來。

【下篇】〈黑貓〉的現代啟示錄

〈黑貓〉故事離奇的結局曾引起非常多的討論，例如認為主角「聰明反被聰明誤」，或主張他是因為良心不安，才會自揭罪行。然而，與其說主角受不了良心的苛責才有此不合常理之舉，不如說是他決意犯下「神也無法拯救的罪行」的這種狂妄，讓他不允許自己的「完美犯罪」不被識破——就如同「祕密」如果不說出來就無人知道這是個祕密、但一說出來也就不再是祕密的弔詭，完美犯罪也是如此，主角精心安排的藏屍地點假使不被發現，等於沒人知道他原本藏得多好。這種「倒錯」，顯然不是主角所說出自於人類皆有的，明知道被禁止卻更想踰越的欲望，而是因為他始終活在自己的世界裡、不曾真正相信律法的存在，所以才會以犯行來「召喚律法的出現」。

如果用拉岡的精神分析語彙來說，相較於官能症者（neurotic）的欲望確實和律法相生相滅、不能要的越是想要，倒錯者沒有真正感受到代表「父之名」的律法約束，不曾聽到「父說不」，[8] 於是他不但為所欲為，而且並不認為自己需要為傷害動物與謀殺妻子負責，畢竟從他的觀點來看，那些行為也都是外力、他人害他如此的。主角的卸責傾向，再次用精神分析的術語來說的話，就是倒錯者「去主體化」（desubjectified）的現象，他們往往會把自己變成是旁觀者、是匿名隱身在群眾之中的，即使自己明明正是那個採取行動的人——就如同主角要全人類為他的行為背書是一樣的道理。[9]

---

8 拉岡關於父之名的論述利用了法文裡Nom du Père與Non du Père同音的巧合，因為精神分析所謂的父親功能（paternal function）、父的律法，就是建立在父親說不——對孩童的亂倫欲望——的禁忌之上。

9 拉岡是在評論佛洛伊德（Sigmund Freud）知名的篇章“A Child is Being Beaten”時，提及倒錯者無

也因此，如果說〈黑貓〉這個故事在線索如此有限的情況下，能給今天的我們什麼啟發，應該不在於主角本身是否確實是邊緣人、或曾受虐——畢竟若要確認虐待動物者的「病因」(etiology)，非但學術討論上難有定論，[10]在實際情境中必然也有個案與個案間的差別；而是在於，如果施虐者已有去主體化、卸責的傾向，不能面對自己內心的黑暗、承擔自己的責任，那麼社會大眾更不宜加入共犯結構，不該在動物虐待事件發生時，以「貓還不是會玩弄老鼠蟑螂，為何人不能虐貓？」「每天雞鴨豬牛那麼多經濟動物被虐致死都無人聞問，為何要獨尊貓狗，一碰到貓狗受虐就大驚小怪？」這類反應來合理化虐待的行為、助長動物虐待事件被持續忽略。

證諸台灣社會，由於台灣動保的現況確實是關心同伴動物者居多，所以每當重大的虐貓虐狗案件發生時，通常會有相關的抗議示威行動出現，不管是要求嚴懲施虐者，或是呼籲設置動保警察等等。而這時，前述的質疑也往往會出現，與之抗衡；這些質疑聲浪中固然確實也有來自為經濟動物抱不平者，[11]但更多的狀況是意在嘲弄他們所預設的「可愛動物主義者」。換句話說，質疑者未必真的關心任何其他動物，只是認定台灣是貓狗權高漲之地，所以若要求嚴懲虐貓者，必然是溺愛貓狗人士基於仇恨所提出的訴求。[12]

法承擔自身責任、有去主體化的傾向。佛洛伊德觀察到，有些小孩會幻想別的小孩（通常都是與自己有競爭關係的兄弟姊妹）被父母親打的情節，這不一定需要目睹現實中的體罰，而可能是為了滿足自己無意識的欲望，諸如「父親正在打我恨的那個小孩，因為他怕我不知道他其實比較愛我」，但是幻想中的場景後來會變得較不明確，變成是一個或多個小孩被某個代表權威的人物打，而自己的角色也會從競爭者、驅動打人幻想的主事者退位，只承認「我也許只是在旁邊看」。這種變化的過程就是一種去主體化，自己的主體變得不明確，甚至變成只是一雙眼睛，如此一來，也就無須承擔作為主體的責任。拉岡於是表示，去主體化是倒錯的精神結構特色之一。

10 光是以費爾特斯"Aggression against Dogs, Cats, and People"一文來說，其中對動物虐待的「溯源」，就已同時包括了曾經受到雙親暴虐對待，以及父親在孩童成長過程缺席、沒有形象穩定的父親足以引領孩童控制攻擊欲或適當紓解攻擊欲等種種可能狀況。

11 例如國外的素食網站，就曾以一張豬牛雞與貓狗「對立」的漫畫，凸顯經濟動物的乏人關心：畫面中經濟動物們與貓狗同桌而坐，狗說，「如果我們被惡待，那些人得去坐牢。」而牛聽了則說，「真讓我忌妒！」雖然可以了解漫畫背後為經濟動物抱不平的慨歎，但就運動的策略來說，挑起對立未必是理想的方式，也未必能讓部分只關心貓狗的人就此「幡然醒悟」，為經濟動物做些什麼。

12 以台灣二〇一二年發生的調查局人員虐貓案來說，由於手段殘酷，動保團體遂以「今日虐貓，明日虐人」為標題製作了海報。同時，為了讓更多人注意此起事件，以便號召萬人至立法院前集結要求嚴懲虐貓者，海報中還出現了以下的字樣：「根據統計，美國的強暴案、性謀殺案、性騷擾案、虐童案，有30％以上的罪犯有虐待動物前科。」然而這張海報立刻出現了「惡搞版」：有部落客以若要認真回應這種時刻所大量出現的，將肉食與虐殺相比的質疑，我們確實不能否認，肉食既然涉及剝奪動物的生命，進行的過程中必然可能有各種「虐待」出現，而這也是何以國內的動保團體如台灣動物社會研究會，近年來一直推動廢除母豬狹欄、取消豬隻活體拍賣等友善農業訴求的原因。

但我們如果總是把性質不同的「虐待」全部同質化，不但無助於改善任何受虐動物的處境，而且等於選擇對眼前正發生的虐待事件噤聲。這樣一來，虐貓虐狗事件本身的焦點被模糊了、為貓狗發聲的運動也可能因此受到反挫，而經濟動物的福利，依然無人問津，受惠的，等於只有施虐者：他本來就已經想卸責，認為人人都和他一樣傷害過動物，無權指控他，如今質疑「愛貓狗人士」的聲浪更猶如站在他這邊。從這種角度來看，在同伴動物虐待事件發生時，指出「經濟動物更慘」，顯然無助於動保的進步。

所以，如果無視動物虐待與對人施暴之間確有關聯，只因受虐的對象是貓狗，就急著以「可愛動物主義者」「貓狗保」為動保人士貼上標籤，訕笑抨擊一切抗議行動，將如同第一時間就參與了施虐者的「去主體化」。而不管是把殘暴的動物虐待事件類比人類的肉食行為，還是用弱肉強食、適者生存的論調來合理化，都會轉移事件焦點，也等於默認施虐者「卸責有理」。回到〈黑貓〉的啟示，如果我們覺得，連續虐貓又殺妻的主角認為自己彰顯的是人皆有之、為犯錯而犯錯的慾望，這說法完全是強詞奪理，那麼我們何以會認為，把吃肉的人和以凶殘方式虐待動物的人，類比為同一種人，是說得通的？

動物虐待或許真的無所不在，因為人類對動物的利用與依賴，早已太全面又太理所當然。但是對於不同性質、不同程度的虐待事件，我們並非全然束手無策。如果

〈今天吃牛，明天吃人〉為題發文，為海報改標題，將警示字樣換成：「不用統計你也知道，台灣的強暴犯、謀殺犯、搶匪、綁架犯、虐童犯、詐騙集團、小偷、政客當中，有90％吃過牛肉」，並藉反動保人士語氣反諷問道，「所以咧？那台灣幾乎所有的壞人都吃過牛肉，是不是要禁止吃牛肉？」「吃牛的人隨時環繞在我們四周，這對人民是多大的威脅？這樣的人不受到法律制裁，你我安心嗎？」行文間處處嘲諷他所定義的「溺愛喵喵聯盟」。當然，抗議人士要求的嚴懲是否有效？究責又該從何「究」起？動物虐待者需要接受的是心理治療還是刑罰？分析起來都是千絲萬縷，也都需要深入的討論，而不是抗議者說了算，但戲謔的態度通常只能挑起對立，對解決這些問題並沒有幫助。

我們願意試著去分析不同的虐待所牽涉的暴力及背後成因，以及自己可以介入或改變的方式，那麼各種虐待的程度，都有降低的可能。舉例來說，假使我們覺得貓也會「虐待」老鼠或昆蟲，那麼在無法要求不具道德能力的貓不這麼做的時候，我們自己是否能做點什麼？例如我們是否可以不使用黏鼠板甚或更殘酷的方式來滅鼠？又或者我們自己能否做到不無故傷害昆蟲？

再以肉食為例，假使我們覺得肉食確實讓很多經濟動物受苦，那麼與其認定吃肉的自己既已涉及虐待動物，就沒有資格在動物議題上發言，是否支持友善農業、甚至從少肉開始往素食靠近，可能會是更積極有效地減少動物虐待的方式？其實，我們不需要因為自己無法在生活中全面地不傷害動物，就放棄了為動物福利做點什麼的可能性。重要的是，不要因為自己在防止動物受虐上可能「為德不卒」，就過度防備地把不同的虐待事件同質化，因為如此才真的可能淪為助長動物虐待的共犯。

嚴格說起來，〈黑貓〉中主角的犯行雖然相當暴力，但愛倫坡卻沒有以極血腥的方式來描述，也沒有太多細節的呈現——反而他對貓的撒嬌樣態，還刻畫得比較詳細。那麼為何這則故事依然讓人感覺恐怖？或許，恐怖之處，在於我們從頭到尾都看不到主角對自身黑暗的任何認知，在於他不斷替自己的行為找藉口，對動物、對人痛下毒手還說自己身不由己。

當然，人心難免都有陰暗面，但不肯去面對這陰暗、不願找出問題所在，就剩下被黑暗吞噬的命運了，一如故事的主角。只是黑貓何辜？妻子何辜？百年前的愛倫坡已說完了他的恐怖故事，但當代讀者的驚惶恐怕還未了。在生活中每一個虐待動物的惡行，都有可能釀成更大的惡，如何不讓無辜者隨之葬送在黑暗中，是見證者們艱難的倫理責任，有待許許多多人，先從不輕賤動物生命、不視動物虐待為小惡開始，點燃那可能驅走黑暗的火種。

・・・

其實，〈黑貓〉是我每次安排課程時，最不想納入的一篇，只要那個學期的課程碰上假期、上課不足十八周，我就必然「優先」刪除這篇，原因在於，不管讀多少次，主角那種用冷靜理性包裝的惡，依然會讓我感到不寒而慄。

這篇文章一千多字的同名初稿，曾登在《英語島》雜誌上，可以說是為了二〇一五年底被台大陳姓學生虐殺的街貓大橘子而寫。我當時感嘆地想著，文學從來都不是離現實很遠的、「無用」的學科，更多時候，文學作品已預見了太多，只是我們通常不願用心去看，於是，我寫下了這篇文章。

對我來說，〈黑貓〉就是這樣一則雖然令人不快、但捕捉人性的黑暗相當準確的作品；而也就像故事裡的有一就有二，很遺憾地，後來陳姓學生又虐殺了某餐廳的親人店貓斑斑。事件再次發生的時候，除了感覺難過，作為台大的老師，我更多了份無力感，因為我所能做的，只不過是像第一次事發時那樣，寫信請校方正視這個問題，而幾乎在寫信的時候，我就已經知道我的請願是無用的。為什麼？因為我們的社會普遍還是沒有把動物虐待認真當一回事，還是把為動物虐待而難過或悲憤者，視為過激的「愛貓愛狗人士」。當動物虐待背後的心理問題不曾被認真探討與處理、當我們總是以「不過是隻貓（狗），難道要因此毀了一個人的前途？」等等制式反應來面對每一次的虐待事件時，這種集體的冷漠與輕忽，就會讓類似的事件一而再再而三地發生。

殖民情境下的弱者反撲——從葛雷斯的〈蒼蠅〉看善待昆蟲之（不）可能

【上篇】 令人討厭的蒼蠅的一生

本書在【中產階級的可愛動物保護主義？毛利作家葛雷斯的〈蝴蝶〉】一節中，曾論及葛雷斯如何透過一位只知照本宣科、要求學生不殺蝴蝶的老師，諷刺不解民間疾苦、自以為是在教化與造福原住民的殖民者；而在〈蒼蠅〉（Flies）這個故事裡，雖然被小孩殺死的昆蟲從美麗的蝴蝶變成人見人厭的蒼蠅，動機也從「為了減少農損不得不然」，演變為「太窮苦沒有玩具，只能玩蒼蠅」，但葛雷斯的批判依然相當具有力道，因為同樣都凸顯了被殖民者不堪的處境，特別當她細細描寫這些孩子們如何克難地製作蒼蠅玩具時，讀者實在不太可能把重點放在「被玩弄的蒼蠅下場如何」這個問題上。

故事一開始，小男生帶著用短短的棉線繫著的蒼蠅，迎向剛做完工作的兩個小女生，要她們也先去收集一些棉線，再來分配他裝在火柴盒裡的蒼蠅。短短的幾句已經透露了許多線索：小孩子是需要分擔勞務的，所以工作做完了才可以玩耍；而比「做完工作」這個陳述更能凸顯孩子們有多貧困的是，他們若想要有娛樂，得利用僅有的「資源」來自製玩具。棉線非常有限、捕捉蒼蠅後置放的容器則是火柴盒或路邊撿來的瓶子；只有蒼蠅，因為去戶外廁所收集就有，加上衛生狀況差，所以蒼蠅要多少有多少。

接著更多的孩子出現了，大家紛紛去找棉線、收集蒼蠅，而對於如何分工——一個人制住蒼蠅，另一個人非常小心地用棉線繫住——孩子們也非常熟練，顯見這是他們日常從事的娛樂。他們也已經從失敗中學習，知道要如何才不會還沒開始遊戲就把蒼蠅的頭弄斷。繫好蒼蠅後，真正的遊戲就開始了：他們讓被棉線牽制著的蒼蠅飛出去，想像蒼蠅是風箏、是飛機，又有時牠們在孩子的眼中就只是「笨蒼蠅」，歪歪斜斜飛行的蠢樣讓孩子們笑到不行。

這遊戲有什麼好玩呢？葛雷斯透過孩子的角度說，「重點是，由**你**當家作主。」你手中握著的棉線可以鬆一點，讓牠們盡量飛高，之後又緊一點，讓想飛高的蒼蠅急著掙脫棉線求生；你可以驅使蒼蠅靠近別人的脖子或臉頰，笑看朋友被牠們振翅的嗡嗡聲騷擾，享受作弄人的樂趣；你甚至還可以真的放蒼蠅飛走一會兒，再跳起來把牠抓住。另外，蒼蠅也可以用來打仗：孩子們想像繫住的蒼蠅是他們的士兵，讓牠們靠近彼此，讓棉線互相糾纏，這樣交戰之後，結果有的蒼蠅斷了翅膀，有的缺了腿……

「蒼蠅去不了任何你不讓牠們去的地方。你就是蒼蠅的老闆。」這句話如果不是放在後殖民的特殊情境下閱讀，只斷章取義來看，根本透露了孩子們的行徑是施虐慾的展現。然而在葛雷斯的故事裡，這樣的宣言不但暗示了毛利人難以自己作主的命運，就好比被玩弄的蒼蠅一樣，也讓人不由得同情這群孩子，從而去思索，是什麼樣的環境，才會讓人以「能夠主宰蒼蠅」為樂？

孩子們是受壓迫的一群，這樣的線索在後續的故事裡更為明顯。玩過風箏遊戲與戰爭遊戲之後，因為還剩下很多蒼蠅，所以孩子們決定剩下的要作為「飛蠅傳書」

之用。連紙張都缺乏的他們，撕下報紙的邊緣空白處，寫下各種各樣的訊息，想利用蒼蠅傳出去，而他們所寫的，除了男生愛女生之類彼此捉弄的玩笑話，更多的是求援的訊息：要襪子、要香腸、要果醬；而最後，還有一種類型的訊息，就是所有孩子們有志一同地咒罵他們的老師。他們寫下各種充滿敵意的汙衊語詞，並開心地幻想著，星期一到學校的時候，這位平日對學生態度惡劣的老師，將會看到一隻、十隻、五十隻蒼蠅飛進來，滿載著他們的訊息，而她讀完之後，將會氣得滿臉通紅，變得像顆番茄或是南瓜般可笑，甚至可能氣到用她的教鞭亂揮課桌椅洩憤，大聲咆哮：誰幹的好事？還不快承認？

靠著想像，發洩了平常對老師敢怒不敢言的情緒之後，孩子們接著決定把剩餘的蒼蠅綁在一截截接起來的棉線上，讓一長排的蒼蠅組成一支「艦隊」。組隊過程中沒被弄死的，就對空投擲出去，於是故事的結尾，只見一大排飛不太起來的蒼蠅，就這麼在空中高高低低、起起落落，而孩子們則目送著蒼蠅說：「去吧，蒼蠅。飛上去……對了。加油。高一點，高一點。去吧，蒼蠅……飛高喔，再見。去耶穌那吧，蒼蠅，去找耶穌。再見……再見……再見。」[13]

孩子們的蒼蠅遊戲，或許會讓我們想起莎士比亞（William Shakespeare）《李爾王》（*King Lear*）中的名句：「蒼蠅之於頑童，猶如我們之於神；祂們只為消遣就可以殺了我們。」（As flies to wanton boys are we to the gods; they kill us for their sport.）然而，人們雖然可能自比為蒼蠅、螻蟻、蜉蝣，這些弱勢的昆蟲卻很難因為與命運不能自主的人「同病相憐」，就成為被憐憫的對象，或讓人們因此願意與昆蟲建立倫理的連結。甚至，在葛雷斯的故事中，就是因為被玩弄的對象是蒼蠅，是在昆蟲之中又特別討人厭的，所以我們更可以毫無掙扎地認同弱勢的毛利兒童，不忍責怪他們不時流露出的施虐快感，畢竟他們似乎是在受到壓迫、無可奈何的情況下，才不得不以這種方式來發洩、來控訴殖民者。從這則故事產生的效果來看，我們可以說葛雷斯的「選角」相當成功。

不要說是虛構的故事了，就算是在實際情境裡，我們有可能會為蒼蠅的死亡發出任何「不平之鳴」嗎？例如英國藝術家赫斯特（Damien Hirst）曾有一件「蓄意」殺蠅無數的作品《一千年》（*A Thousand Years*），此作雖和他其他的動物藝術一樣引起不少批判，但爭議點卻不在於作品會對蒼蠅造成傷害。赫斯特在巨大的玻璃箱中放入一顆腐敗的牛頭、無數的蒼蠅以及蛆蟲，讓蛆靠著腐敗的牛頭成長為蒼蠅，而因為玻璃箱內同時設有捕蠅燈，所以孵化成長的蒼蠅之中，雖有些或許可能來得及產卵，還有更多會被這陷阱殺死。但因為這件作品所牽涉的，只是「令人討厭的蒼

13 在遊戲的過程中，曾有個小女孩提議讓戰爭遊戲中倖存的勝利者們獲頒「獎章」，於是「折斷了一朵花的頭」把花瓣分給大家，加碼繫在綁有蒼蠅的棉線上，之後再放走這些戴了獎章的蒼蠅。「放生」的時候，還對蒼蠅說：「願上帝保佑你平安返家，到你的所愛身邊，阿門。」這段情節和這裡的「去耶穌那吧」都指涉了基督教的永生、救贖等概念，因此被認為和葛雷斯其他許多作品一樣，意在省思基督教教義的扭曲變調，就像遊戲中得到獎章又接受孩子們致敬的蒼蠅，看似是被祝福庇佑的（blessed），但其實一旦額外被加上花瓣的重量，只是加速迎向墜落與死亡罷了。所謂的救贖，是什麼呢？讀者隱約能感覺到這樣的質問。

而某次受訪時，葛雷斯被問及她的作品是否時而刻意呈現基督教嚴厲、動輒審判的面向，例如對罪與罰的強調甚至超過了愛，她也認可了這樣的解讀。此外，她也質疑《聖經》中關於人類是其他動物主宰的說法。葛雷斯指出，在毛利文化中，人的存活與土地的存活是相連結的，所以地球上的生命都是平等的、彼此有互動的，「一個人並沒有比一株植物更重要」，她認為這和《聖經》中那種空中的鳥與海裡的魚都由人類治理、由上至下有著高低位階的觀念很不相同。由此也可見，雖然本書所選取的兩則短篇，是小女孩殺蝴蝶與孩子們虐待蒼蠅的故事，但不能據以認為葛雷斯本身缺乏對生命倫理的關懷。以上對基督教觀念的探討，詳見Barbara Joyce Kinnane, "Spiralling Progression in the Short Stories and Novels of Patricia Grace."

蠅的一生」，比起其他引發動物倫理爭議的作品，蒼蠅的死活並沒有什麼人在意。

事實上，就算有些人因為這個作品而感覺不愉快，也不表示他們就代表了關心蒼蠅死活的少數，而可能如動物研究者貝克所言，他們所在意的是自己的感受，而不是為作品而死的動物遭到怎樣殘酷的對待。畢竟許多使用動物為素材、揚言以此僭越正統典範的作品，都很容易冒犯到觀眾，或被認為是「對觀眾的攻擊」，特別當這些作品「逼我們面對醜陋的、獸性的、邪惡的、具威脅性的」種種殘酷時。[14]

而針對赫斯特的這個作品，對藝術中的動物再現頗有研究的評論者阿洛依，在他的《藝術與動物》（*Art and Animals*）一書中曾有過頗具洞見的觀察。阿洛依指出，赫斯特直接在觀者面前上演殺死蒼蠅的劇碼，卻不會有太多人質疑他的做法，或許是因為人們會自問：「指責赫斯特殺昆蟲不是太偽善了嗎？這不是每個人有時想都沒想就會做的事情嗎？」觀眾靜默地接受赫斯特的作品公然展演對蒼蠅的殺戮，正透露了其實我們早已默許一套「什麼動物可以殺、什麼不能殺」的位階排序。

阿洛依並以希區考克（Alfred Hitchcock）的電影《驚魂記》（*Psycho*）中弒母之後分裂／化身為母親的主角，在就逮之後所說的一段話來證明這點：明明是他殺害了女主角，但他卻以母親的聲音力主自己的清白，撇清一切殺人的責任，因為他／她說自己是連隻蒼蠅也不會去傷害的那種人。但這句話其實正暗示了另一訊息，那就是，傷害蒼蠅是最常見、也是人們最容易出現的一種「暴力」，正因如此，也是一種無關緊要、早已被視為正常的、不會被當成暴力的暴力。所以殺人犯以自己連蒼蠅都不會傷害為由來自我辯護，其實不具說服力，原因在於，會不會傷害蒼蠅，並不會被當成某種判斷準則，用以認定一個人是否有暴力傾向。

阿洛依針對「倫理對待蒼蠅」之不可能，最後舉了一個相當具體的例子。前美國總統歐巴馬（Barack Obama）在二〇〇九年接受CNBC訪問的過程中，一隻蒼蠅在他身邊飛來飛去，揮也揮不走，他於是靜待蒼蠅停在手臂上的瞬間，將牠一擊斃命，而蒼蠅掉落到地上時，他還問現場的記者要不要拍攝蒼蠅的屍體。也就是說，歐巴馬不但不在乎鏡頭將他殺蒼蠅的過程全部拍下，還似乎認為這可能有所加分，例如展現了他能控制得住場面、動作敏捷又精準等等。之後雖然各家媒體都播報了

14 可參考貝克的 *Killing Animals* 一書。

這個「蒼蠅來襲」的小插曲，卻沒有人針對殺蒼蠅一事提出任何質疑，連動保團體顯然也對於是否該發言感到非常猶豫，畢竟殺蒼蠅幾乎是每個人日常都可能發生的，「大驚小怪」似乎會顯得過於荒誕？最後，「善待動物組織」（People for the Ethical Treatment of Animals，一般均稱PETA）發言人小心翼翼地選擇了溫和的措詞：「我們相信，當人們可以展現同情心的時候，就應該這麼做，對所有的動物都是。」既不直接指責總統殺蒼蠅的行為，又至少表達了動保的立場。

PETA所宣示的，是理論，就實際而言，卻有難度，要對形象不脫髒亂及疾病聯想的蒼蠅展現同情，尤其難。事實上，不要說蒼蠅，在遺傳研究上被大量使用、對人類有巨大貢獻的果蠅，命運也一樣。耶魯大學森林與環境研究博士修．萊佛士（Hugh Raffles）曾問道：「何以這蠅可以和我們如此相像，以至於我們認為用牠作為生物（實驗）代理（biological surrogate）是如此自然，而同時又可以如此不像我們，以至於即使毫無自責毫不關心地把牠任意毀滅，我們也覺得同樣自然？」

而萊佛士自己的回答是，因為在衡量相似性與差異性時，我們用的是不同的標準。當我們在談人與果蠅的相似性時，說的是基因上的相似，但是差異，卻是不言自明的：「只需要說那些都是昆蟲，牠們的差異——以及這些差異所允許（我們做）的——就完全不用討論了。」他並引述了諾貝爾文學獎得主卡內提（Elias Canetti）將昆蟲比為法外之徒（outlaws）這樣的說法，指出毀掉這些小生物所涉及的暴力，是連我們自己都不會譴責的一種暴力：「牠們的血不會讓我們有罪，因為那種血與人血不同。我們不曾凝視牠們的呆滯眼神。」也因此，「至少在西方世界裡，牠們也不曾因為我們越來越關心生命（不管此一趨勢是否有實效）而獲得好處。」[15]

至此，我們發現，就算不是令人討厭的蒼蠅，而是有貢獻的果蠅，或是其他昆蟲，想被我們納入倫理考量，恐怕都一樣極為困難。但是，難道連呼籲不要濫殺或虐待昆蟲，都會被認為是荒謬的嗎？想討論人類對昆蟲的倫理責任，又是否完全是不可能的任務呢？從葛雷斯的〈蒼蠅〉一路追溯下來，目前看似如此。

15 以上均引自萊佛士的《昆蟲誌》（*Insectopedia*）一書，有關卡內提的引文則從陳榮彬之中譯。

【下篇】動物倫理的蟲蟲／重重危機

當動物研究者在探討倫理議題時，經常會援引哲學上所謂悅納異己的觀念，企圖讓動物也被視為需要倫理對待的他者，對此，反對者最常用的駁斥方式，是針對邏輯一致性加以質疑[16]：如果做不到無條件的悅納異己，那豈不就只是選擇性仁慈，犯了邏輯不一致的毛病？但如果要貫徹邏輯的一致性、全面接納他者，難道就算面對會帶來傷害性的蛇蟲鼠蟻，也必須不顧自身安危一律接納？

這番用害蟲與害獸為例來挑戰動物倫理的說詞，也確實經常能引起大眾的共鳴，畢竟在實踐上，悅納害蟲，顯得非常不切實際。值得玩味的是，在類似的質疑之中，昆蟲往往是最先被挑出來用以否定此種倫理可能的：不打蟑螂嗎？不殺螞蟻嗎？打算任蚊子叮咬嗎？蟲蟲危機，儼然是動物倫理在思考與實踐上難以跨過的門檻。

人類到底為什麼那麼懼怕或厭惡在體型上完全無法與人抗衡的昆蟲？這個問題，歷來其實吸引了各方的研究者嘗試回答，而其中的一個答案便是，昆蟲令人聯想死亡。光是屍體周邊常有昆蟲環繞這一點，就足以讓牠們與死亡意象產生密不可分的連結。而作為對死亡、毀滅、分解的提醒，昆蟲自然是人們不歡迎、甚至避之唯恐不及的，也因此，昆蟲在人類死亡的現場出現時——不管是歷史場景如黑死病肆虐時大量死屍輕易可見的歐洲，或是出現在恐怖電影中——總是會帶來巨大的恐懼，畢竟人類最在乎的身體的統一與完整性，彷彿都會因為昆蟲的出現而面臨崩解消失的命運。

此外，許多昆蟲都具有擬態、欺敵的本事，可以融入環境中自我保護，這種變形、偽裝的能耐本是部分昆蟲的本能，但在人類擬人化的想像裡，卻可以變得更為駭人。相較於擬人化的想像用在哺乳動物身上，如先前探討動畫時曾分析的，可能有助於促進人類對這些動物產生共感，昆蟲一旦被賦予擬人的想像，處境卻往往更糟。昆蟲有腳，但一共有六隻；有頭，但有著不成比例的眼睛、嘴巴和「耳朵」；有骨骼，卻是包裹著身體的外骨骼而非像人一樣「肉包骨」；有明顯的腹部，但沒有明顯的性器官——這些比人類多了點什麼又少了點什麼的「詭奇」（uncanniness），讓昆蟲一如藝術家庫茲（Nicky Coutts）所觀察到的，會讓我們覺得這種熟悉與不

16 可參考本書第一章【一個非素食者的倫理省思——〈峇里島的雞為什麼要過馬路？〉】的相關討論。

熟悉的混合體極端奇怪、不該屬於這個世界。於是，曾讓昆蟲學家法布爾（Jean-Henri Casimir Fabre）著迷的，螳螂那如同人一般的臉，在多數人眼中，只是讓牠變得很像科幻電影裡的外星生物原型：同樣都有三角型的頭，分得很開的眼睛，尖細的下巴與細長而靈巧的手臂。

事實上，如媒體研究者列考斯基（Richard J. Leskosky）所指出的，從一九〇一年史上第一部「大蟲電影」（big bug film）《婆羅門與蝴蝶》（*Le brahmane et le papillon*）出現以來，像人一樣大的昆蟲所帶來的驚恐，以及人蟲界線混淆的電影主題，就從沒少過：在這部梅里愛（Georges Méliès）導演的法國影片中，主角以魔法在森林中召喚出一隻巨大毛蟲，他將牠置於巨大的繭裡，待孵化為蝶之後，又將牠變成了東方的公主，但就在他俯下身去吻她的腳時，卻被她變成了一隻毛蟲！

而五〇年代之後的許多大蟲電影，則是一面暗藏對戰爭侵略、核汙威脅的焦慮，一面以大尺寸的昆蟲來喚起種種對他者的恐懼。到了廿一世紀，對基因工程將帶來變異的疑慮，也是透過電影裡失控的實驗所製造出的怪物來反映，而這些怪物也不時以化人的昆蟲形象出現，究其原因，都可以追溯回前面所說的，是因為昆蟲有擬態、變形的能力。昆蟲可以靠著偽裝騙過人的這種本事，所引起的焦慮，顯然不僅止於透露出人類對基因工程的憂心，而是更普遍的對他者的恐懼：我們深怕他者對待我們的態度與作為，都只是欺敵之術，害怕在吸引人的外表下，竟藏著異形。

綜上所述，我們會發現，儘管接觸昆蟲可能帶來的實際傷害、疼痛，甚至所造成的疾病或死亡，都可用以解釋人類為何害怕蟲，但不少評論者更著重於凸顯的原因，卻是人對於昆蟲強大的本能所產生的非理性恐懼。連《國家地理頻道》的紀錄片《昆蟲帝國》（*Alien Empire*）都曾以頗駭人的畫面，傳遞了昆蟲是地球上的強勢物種、極可能比人類存續得更久這樣的訊息。而昆蟲快速與大量繁殖的能力，更鞏固了人們將牠們視為末世倖存者的想像。想像昆蟲會成為人的繼任者，以人為食、在人死後繼續存續的主題，在藝術作品中也可見。澳洲藝術家阿諾（Liz Arnold）的畫作《暴露》（*Uncovered*），就是以一隻傲立於骸骨前的昆蟲為主角，猶如暗示著，人類主導環境的日子將終結，昆蟲將存活並繼承人類的地位。對想像中的繼任者，人類焉能無懼？[17]

曾經主編過昆蟲研究專刊的學者布朗（Eric Brown）曾表示，如果說「動物」一詞把所有不同種類的動物全都同質化地歸在這個類別之下，那麼「昆蟲」的情況可說是更嚴重，不但所有的昆蟲都被當成沒有差別，反正都是蟲，甚至連不是蟲的，有時也被歸類進來。於是，當他編輯的專刊徵稿時，來稿的內容不但包括了節肢動物如蜘蛛，還有甲殼動物。究其原因，說穿了，就是人們並不想好好認識這些令人害怕或討厭的昆蟲，自然也沒有必要分門別類去區辨牠們有何不同，在這樣的情況下，要去談倫理對待昆蟲的可能，確實極為困難。

狀況看似悲觀，但也不是完全沒有為昆蟲發聲的人，社會學家瑪瓦尼（Renisa Mawani）就很積極地強調我們對昆蟲的倫理責任。[18]她發現人類對昆蟲的「可塑性」（plasticity）其實相當依賴，會把這種可塑性用來因應人類的軍事需求與安全部署：昆蟲種種強大的本能，原本是要塑造出在充滿敵意與危險的世界裡適合存活下來的形態，從而打開自己在生存環境中的逃逸路線，人類卻利用了昆蟲的這種特色，把昆蟲當成戰爭配置的一部分，而有些昆蟲也確實因為很容易訓練、善於適應，成為我們在全球反恐戰爭中的「同伴」。[19]

瑪瓦尼還發現，其實昆蟲代替人類原有的同伴動物、成為我們在戰爭中的同伴這點，還因此大大減輕了我們面對生命消逝時感受到的倫理危機。例如在阿富汗與伊拉克執行任務的軍用犬同樣會有創傷後壓力症候群，面對狗，若是使牠失去生命或受到創傷，人們面臨的倫理衝擊通常較高；昆蟲就不同了，因為牠們的「難以理解」，對於牠們的死亡，人們不太會出現類似面對狗死亡時的反應。瑪瓦尼因此主

---

17 前述庫茲與列考斯基談論昆蟲的文獻，均收錄於布朗主編的 *Insect Poetics* 一書。

18 瑪瓦尼的"Insects, War, Plastic Life"一文收錄於 *Plastic Materialities: Politic, Legality, and Metamorphosis in the Work of Catherine Malabou* 一書中。

19 例如訓練「反恐蜜蜂」就是這種安全部署的一種方式。研究指出，一般常用的偵查犬訓練周期為六個月，由於蜜蜂的嗅覺比狗強，只需要六秒，訓練成本可降低百分之七十五，因此被視為「自然界中最值得投資訓練的物種之一」。而訓練進行的方式是「在蜜蜂面前放置糖水與爆裂物，當蜜蜂飲用糖水時，就能迅速連結糖水與爆裂物的味道，之後進行檢測時，一旦牠們嗅到相同氣味的爆裂物，便會去吸食」，這項研究的成果主要是想用於派遣蜜蜂去檢查貨船或民航機，未來也想更進一步地訓練牠們偵測毒品、香菸等違禁品。瑪瓦尼指出，除了利用蜜蜂的嗅覺讓牠們偵測爆裂物之外，蟑螂也被變成動物與機器的合成物以進行微型監控（microsurveillance），美國知名作家黛安·艾克曼（Diane Ackerman）在《人類時代：我們所塑造的世界》（*The Human Age: The World Shaped By Us*）一書中也呼應這些說法，描述了中情局如何發展與利用「電子昆蟲」，例如會尋覓與救難的電子蟑螂，見該書〈牠們別無選擇〉一節。

張，人類對昆蟲的利用既已如此之高，用白話來說，也就是虧欠牠們已那麼多，那麼我們的生命觀與倫理政治也同時應該隨之重視這種相互關係性，正視我們依賴昆蟲等活生生的生物來作連結部署的事實。

前述《昆蟲誌》的作者萊佛士，對此也是抱持著類似的觀點。眼看人類一方面恐懼昆蟲，一方面又利用昆蟲的種種特性來推進人類的科學研究、明明依賴著昆蟲的這些本能，卻又繼續將具有強大本能的昆蟲妖魔化，萊佛士發出了他的不平之鳴。在這本從英文字母A排到Z，以此展開二十六個昆蟲相關主題的書中，M開頭的〈我的夢魘〉（My Nightmares）一節，表面上是在訴說人類受到昆蟲多少困擾，結語處卻透露了作者的立場：

> 蜜蜂們如今何在？蜂群崩壞，在塑膠迷宮中滑來滑去，負責聞嗅是否有爆裂物，吸食糖水，玉米糖漿讓牠們肥胖衰弱，被鎖在機場的小小盒子裡，一嗅到與糖水相同氣味的爆裂物就伸出舌頭。誰會想到這些小昆蟲們如此聰明，記者說。毛茸茸的小嗅探器。嗡、嗡、嗡。確保我們安全無虞。祝福我們一夜好眠。[20]

人類把昆蟲當成惡夢，但卻又讓昆蟲保護我們在夜裡安睡。這便是萊佛士代昆蟲發出的控訴。關於昆蟲的動物倫理觀，雖然稀薄，但看來也開始發展了。

然而，再次回到現實，我們不得不問，這些觀念能說服多少人把昆蟲的生命「放在眼裡」？暫且不論那些惡意虐待動物者，面對因恐懼或討厭昆蟲而想消滅牠們的人，有沒有什麼方式可以降低這種負面的情緒，使得昆蟲不至於在任何情況下，都被視為應該「格殺勿論」的對象？或許，多從科學角度去理解昆蟲的生態、透過科學知識的累積來減低恐懼，會是一種可能的途徑。第二章曾提及的昆蟲生態學家洛克伍就曾指出，面對昆蟲，我們需要科學。他認為現代人對昆蟲的憎惡，有一部分的原因和我們無法分辨牠們有關，於是所有多腳的動物全都被歸到這難以名狀的一群之中，然後也全都被視為理應憎惡的對象，即使真正可能會造成傷害的只是其中的一些。

洛克伍提出了一個頗有趣的說法，他認為或許演化並沒有要我們傾向於怕昆蟲或

20 此段翻譯參考了*Insectopedia*一書的中譯本《昆蟲誌》，但文字略作調整。

愛昆蟲，只是要我們注意到牠們的存在——「也許昆蟲作為一種生命形式，就像紅色之於其他顏色。」紅色會讓我們的眼睛注意到重要的事物，不管是用在正面的吸引或負面的警告上，都有可能。因此，透過科學的介入，我們可以學習和大自然中象徵「紅色」的昆蟲保持關係的方式，即使無法像一些愛昆蟲者般視昆蟲為科學上的驚奇，但至少我們可以去承認，昆蟲是值得我們注意的。[21]

必須一提的是，洛克伍同時也強調，文化的養成足以改變人蟲關係。我們對待其他生物的態度，除了受演化影響、需要科學知識的介入之外，文化也具有一定的影響力。也就是說，如果我們應該要注意到那像紅色般難以忽視的昆蟲，是因為那是演化的原則想帶領我們去注意的，那麼注意到牠們的存在之後呢？如何作出回應，就是文化形塑可能影響與改變的部分了；從人文角度考量人與昆蟲的糾結相關、以及人類恐懼昆蟲的緣由，並願意思考與蟲共存的可能，才更有機會讓昆蟲也能被倫理對待。

就人文面向而言，社會學家包曼對恐懼的分析，或許可提供我們一些參考原則。先前曾提過，包曼的《道德盲目》一書點出了人們對他者的苦痛越來越不敏感，以至於在道德上也日漸麻木，他在這本書裡同時還分析了人類產生恐懼情緒的幾種原因：無知，無能，以及前兩種因素綜合而成的，某種無力改變一切的羞辱感。雖然不同時代的恐懼自然有不同的樣貌，但包曼認為，所有恐懼的源頭，恐懼中的恐懼，往往是人類對一己肉身的知覺，或更明確的說，就是害怕「逃離死亡」這件事終究是做不到的。從這個觀點來看，我們或許更能了解，要討論「昆蟲倫理」為何如此困難：除了先前說的，科學知識的欠缺、無意去辨識昆蟲之間的差別，將會造成由無知所帶來的恐懼之外，昆蟲與死亡的連結，更是指向了「恐懼中的恐懼」。

但這樣的恐懼並非沒有解方。包曼提醒，當代的恐懼，已經上升到一種恐懼的程度與遭受威脅的程度不成比例的狀態，為了和恐懼抗衡，人們往往會採取過度激烈的保護與防衛措施，但如此只會掉入一種惡性循環之中，在防衛的同時，也等於一直處在恐懼之中。最後，甚至不需要外在有什麼威脅來加深恐懼，恐懼自然就會在

21 出處同第二章註29。

我們試圖排除恐懼的過程中加深。[22]反過來說，如果能警覺到這種惡性循環的問題，那麼即使所恐懼的對象是會引發「恐懼中的恐懼」、提醒我們肉身終必一死的昆蟲，我們還是有可能重新去評估：是否真有必要用這麼高度的恐懼去戒備與排除他者、認定他者是威脅的來源？

洛克伍曾表示，除了恐懼與厭惡之外，我們還能試著與昆蟲保持其他的關係，例如保持曖昧的態度，或維持一種不帶特殊情感的關係。洛克伍在諮詢了熟悉希臘文的同事之後，創造了entomapatheia這個字，用以標示懼蟲（entomophobia）與戀蟲癖（entomophilia）之間的一種可能。apatheia指的是不受某事物的影響或缺乏強烈的情感，而他認為面對蟲，或許這樣的情感反應就足以讓我們做到「自己活，也讓牠們活」了。至於對蟲保持曖昧的態度，也是他認為可以接受的做法，具體而言，他所謂的曖昧指的是，我們若不確定自己對昆蟲的感受究竟為何，不知道自己到底覺得昆蟲可怕（awful）還是可敬畏（awesome），這也沒關係，只要能做到不因為自己的無知或不合理的恐懼就去殺害牠們，這樣就可以了。看似有點卑微的一個要求？但或許要邁出善待昆蟲的第一步，這就是起點。

• • •

其實，多年來開設「文學、動物與社會」這門課的過程中，我只在第一年曾把〈蒼蠅〉這篇故事選入教材。不是因為其中的虐待情節太殘暴，以至於像〈黑貓〉那樣讓我想逃避，而是因為我不確定，透過〈蒼蠅〉來談對待昆蟲的態度，會不會「因小失大」。是的，在我個人的「動物排行榜」中，昆蟲也是殿後的，甚至，有些昆蟲是我極端恐懼的。我心想，如果我自己也還做不到善待昆蟲，不但上起課來可能理不直氣不壯，說不定還會讓學生覺得動保的要求好高，反而更裹足不前。基於這樣的疑慮，儘管我自己不殺螞蟻，也會在看見排水口附近的小蟲子時，拿張紙，有點顫抖地，把快要被水弄濕的蟲子移到別處去，但我仍舊鮮少在課堂上選

---

22 包曼還提醒，這種不成比例的恐懼，和資本主義的發展不無關係。資本主義的市場機制擅長教我們去恐懼，因為如此才更容易推銷販賣各種號稱可以解除恐懼的商品；以人對「害蟲」的恐懼來說，也不難發現各類驅蚊、殺蟑的廣告確實有這種教人恐懼的傾向。不過包曼這段論述原本談的，是被看成像蝗蟲般威脅歐洲的大量移民，而非真實的昆蟲，此處只是借用他的理論來說明。

讀這篇故事，也繼續讓「為昆蟲說話」這件事成為個人研究中的空白。

直到二〇一七年初，我應邀擔任全國比較文學會議的主題演講人，面對大會主題「人非人．物非物」，我苦無靈感，覺得自己關於動物的主題已經寫得太多、說得太多；這時我突然想到，關於昆蟲，我和多數的動物研究者一樣沉默，於是，為了那次演講，也為了補上這塊空白，我開始閱讀與昆蟲相關的學術研究論文，本節下篇中若干概念，都是改寫自當時完成的論文〈不可能悅納（寄生）昆蟲？動物倫理的蟲蟲危機〉。

寫論文的過程中，我經常因為想多了解昆蟲一點而上網搜尋，然後又被網頁上突然出現的照片驚嚇到迅速關掉畫面；電腦螢幕上的昆蟲尚且如此，真實生活中更不用說，蛾、白蟻、蟑螂，會飛的昆蟲依然讓我感到恐懼。但這樣「還不夠格」的我，仍想為昆蟲寫點什麼，也還在努力嘗試自己在這節結語中所建議的，與昆蟲保持曖昧的態度，或維持一種不帶特殊情感的關係。因為我相信，即使是渺小如蟲的一丁點善意，也會讓談論昆蟲倫理的可能性，至少不再是零。

女性與動物該弱弱結盟嗎？

【上篇】 沃克〈我是藍？〉的領悟

第一章中曾以〈峇里島的雞為什麼要過馬路？〉介紹過沃克；她最為人熟知的作品，首推書寫非裔美籍女性命運的小說《紫色姐妹花》（*The Color Purple*），但她的寫作並不只是聚焦在種族問題上，也關注其他弱勢的人類與動物。更精確地說，對她而言，族裔與性別身分的雙重弱勢，似乎提供她更豐沛的同理心，也更能去觀照到，同為弱者，在處境上可能會有的相似之處。

沃克文字中所流露的，往往是一種自然而然與弱勢結盟的心情，而不是去比較弱者之中誰更弱、誰更值得被賦權（empowered），她的散文作品〈我是藍？〉（Am I Blue?）便是典型的例證。在這篇作品中，沃克透過優美的文筆，描述了自己如何在一匹名為「藍」的白色公馬身上，看到了許多人不願承認的，動物的情感與感知痛苦的能力。

藍是沃克在某段鄉居生活期間所認識的「鄰居」，牠沒有任何同伴，主人也甚少出現，日復一日獨自在五英畝大的草地上活動，而在綠草枯黃的季節，藍更只能意興闌珊地咀嚼著乾枯的草莖，沃克因此養成了拿院子裡的蘋果餵牠的習慣。生活有了變化與寄託的藍似乎也很開心，不時站在蘋果樹附近，一有人靠近就發出嘶嘶聲並噴著鼻息，像是對她說，「我要蘋果。」

沃克與藍的互動讓她想起了遺忘已久的往事——曾經她也能在馬的眼中看見情感的深度，只不過兒時曾有摔下馬背的經驗，就再也沒靠近過馬；這記憶與情感的甦醒讓沃克體會到藍的寂寞——永無止盡地在僅僅五英畝大的地方踏步獨行，就算這片草地再美，也是難以承受的乏味與孤單啊！而童稚時期對動物的愛竟被自己忘得一乾二淨，這種驚訝的心情也讓她頓然領悟到黑奴和動物的類似性：被黑奴養大的白人小孩不也是這樣忘了兒時口中的「媽咪」，在成年後將他們視為難以理解溝通的異類，甚至成了「那些黑鬼」？有著和動物一樣被漠視與遺忘的命運，沃克的族裔認同讓她產生了「莫非我就是藍？」的共感。

但沃克並不是藉藍來自憐身世，因為在聯想了非裔美籍女性的命運之後，她進而想起被那些自稱「移居者」的殖民者當成動物般對待的印第安原住民，以及那些嫁給美國男性的日本、韓國、菲律賓等非英語系國家的女性。沃克說，娶了異國妻子的美國男性總是聲稱自己如何幸福快樂，然而一旦他們的妻子學會說英文，婚姻往往就開始崩解，因為當她們還不會說英文、還不具備具體表達自己意見的能力時，這些男性可以把妻子當成自戀投射的對象：當他們望向自己妻子的眼睛時，看見的只是自己的倒影。

在這段反思之後，鏡頭又回到藍。沃克讓我們看到，對藍來說，更壞的還在後頭。某天有匹母馬被帶來跟牠做伴，牠的生活因此豐富起來，眼裡也有了前所未有的光彩，藍和這匹新認識的棕馬時而漫步時而奔馳，也不再依賴乞食蘋果來打發日子，然而某一天，沃克發現棕馬竟突然消失了，原來，牠被帶來的目的只是配種，大功告成後自然會被原主人帶走，看著藍狂奔著尋找牠的伴侶、嘶吼到再也叫不出聲音，還一直望向伴侶被帶走那天所走的那條路，沃克只能嘗試再用蘋果來安慰牠，而結果呢？當藍看著她的時候，沃克說，「那眼神如此銳利，如此充滿悲痛，如此**人性**。想到有些人不知道動物承受著苦痛，我幾乎失笑（我哀傷到哭不出來）。」[23]

沃克看似抒情的風格在文末明顯轉為沉痛。被剝奪所愛的藍明明和承受類似苦痛的人沒有差別，為何人們不願讓心中「我是藍？」這樣的疑問發展為共感與悲憫呢？於是動物只能繼續承擔人類所施加的種種痛苦。藍的憂鬱打開了沃克的眼，她看見我們吃著「快樂的」雞提供的雞腿與雞蛋，我們喝的牛奶容器上印著「滿足的」牛，至於牠們的真實生活，我們一點也不想聽。沃克所點出的，不只是讓動物宣傳自己的產品很美味這種做法有多荒謬，她更指出這些弱勢者共同的不堪——每當有些人想合理化對他者的剝削時，就會自欺欺人地宣稱，「事實上動物想要被我們使用與虐待，就像小孩『熱愛』被嚇唬、女人『熱愛』被毀傷被強暴……」

藍依然是那片綠色草地上的美麗風景，任由人們把雪白的牠想像成自由的象徵。對許多人來說，動物有沒有情感或感知痛苦的能力並不重要，只要可以符合人類的各種利益需求就好。但身為弱勢的沃克卻不這麼想。她選擇站在動物的那一邊，甚至在文中一度說，那些把他人當成動物般對待的強勢者，以批評別人「像動物一樣」

為侮辱人的方式，卻不知道「像動物一樣」根本是種稱讚。沃克自身因族裔與性別所遭受的雙重不公對待，讓她自然而然地認同了弱勢的動物。女性與動物的弱弱結盟，在〈我是藍？〉裡顯得非常順理成章，也一定程度地讓我們感受到這弱勢的雙方，如何像命運共同體般，亟待更多人在乎他們受苦的事實。

【下篇】或許我只是個女孩——孟若〈男孩與女孩〉裡的猶疑

諾貝爾文學獎作家孟若（Alice Munro）的〈男孩與女孩〉（Boys and Girls）裡，

23 沃克隨後又說，經過被剝奪所愛的事件之後，藍第一次出現了「野獸」的眼神。為了保護自己不受到更多暴力侵害，藍築起一堵牆不再接受人類，於是流露了厭惡人類的輕蔑眼神。沃克在這裡無異是批判了動輒認為動物具有獸性、覺得牠們很兇惡的人類。人類從沒反省過，很可能是自己對動物的惡待，才引發了動物某些自我防衛的行為，只顧著把這些較具攻擊性、不合人類期待的表現，視為動物的獸性而加以貶低。

一樣也有女性與動物兩種元素，故事裡的女主角，最後也選擇站在動物這一邊。但是弱弱結盟，是否會讓自身的弱勢命運更無法翻轉？

相較於沃克對弱弱結盟的篤定，孟若的女主角顯得態度擺盪猶疑。值得注意的是，〈男孩與女孩〉裡的男孩叫做萊爾德（Laird），名字就暗含了「領主」（Lord）之意，女孩——同時也是故事敘述者——是萊爾德的姊姊，但她的名字卻從頭到尾都沒有揭露。作為一則同時觸及性別、階級、族裔與動物議題的故事[24]，孟若如此的命名當然是有意暗示父權社會中男女地位的懸殊。女孩一開始顯然不知道要逆轉生理性別上的弱勢並非易事，她認同父親的工作，渴望被當成男孩看待，崇拜諸如勇氣、大膽、像英雄般為人犧牲等陽剛特質，似乎以為如此就能加入代表強勢的那一邊；至於任何要求她像個女孩的期待，例如幫忙母親待在廚房工作，她都深惡痛絕。

女孩所高度認同的父親，是一個狐農——豢養銀狐並且在牠們的毛皮長好的時候殺掉剝皮，賣給皮草公司。每年聖誕節前，父親都忙著在地下室剝取毛皮，母親很排斥這整個從宰殺到剝皮的過程，但女孩卻把空氣中的血腥味當成像松葉或橘子的氣味一般，是一種季節性的味道。此時的她，對於父親的所作所為一律肯定，這份對男性的崇拜甚至還擴及父親聘雇的壯漢亨利．貝力身上[25]，連他的大口咳痰、豪邁大笑都彷彿值得崇拜。

至於母親，因為總是感嘆甚至抱怨自己的女兒不像個女孩，不願待在廚房幫忙，於是不但不是女孩認同崇拜的對象，她甚至覺得母親「不可信任。她比父親仁慈，但也更容易被愚弄」。女孩更憤怒地心想，這個什麼也不懂的母親，竟只為了想證明有權力使喚她，明知她討厭待在悶熱的廚房幫忙做果醬，還偏逼她留在身邊。少不更事的她，覺得母親這麼「故意」的行徑根本出自一種扭曲的心態；直到長大後

24 孟若透過故事中女孩家是靠供應皮草原料維持生計的這個設定，點出他們和消費皮草的上流階級之間的貧富差距。除此之外，她還安排女主角透露，父親最喜歡的書是《魯賓遜漂流記》（*Robinson Crusoe*），由於這本書被後殖民研究者批評為充滿殖民者的自我感覺良好——一如魯賓遜以恩人姿態對待由他命名的「星期五」，白人總自認在幫助與教化原住民——所以這樣的安排顯然是從反對殖民主義的角度為弱勢族裔發聲。

25 貝力（Bailey）的名字也是監獄之意。在故事中，這個角色經常嘲弄小孩、喜歡收藏色情月曆、對動物沒有同情心，男性沙文主義者的形象十分鮮明，因此貝力的名字可能也是故意暗示這種父權高壓者對弱勢者和女性造成的身心禁錮。

回顧，她才想到，當年的母親很可能是忌妒她還有自由，能選擇做自己喜歡的事情，又或者可能是因為寂寞而想要女兒陪她——畢竟母親為家務付出的勞力也極高，常常從早忙到晚，但是卻得不到相應的肯定。但這些，都要等到她的性別意識覺醒之後，才會了解。

女孩不認同的對象除了母親之外，還有弟弟，在她眼中，無知的弟弟很容易愚弄，她說什麼他都會乖乖地照做。例如有一次，為了追求一點刺激好玩的事，她帶弟弟到穀倉，要他順著梯子爬到梁上，弟弟順從地爬上去之後，她就跑去向父親告狀，假裝是弟弟自己貪玩爬上去的。弟弟年紀太小，根本不懂得替自己辯護，她的惡作劇也就這樣得逞了。但這個被自己嘲笑的小跟班，卻被母親認定「再大一點就可以成為父親真正的幫手」，讓她很不服氣。

另一方面，她卻也日漸感受到「女孩」的身分所帶來的不安全感。儘管她靠著違逆長輩對女孩的期待來掙脫生理性別的束縛——例如祖母越是說女孩不可以大力關門、坐著的時候膝蓋要併攏，她就偏要用力甩門、坐沒坐相，但這似乎無法確保她真能像個男孩，因為她發現自己明明和弟弟一樣都在長大，她所看不起的弟弟，力氣卻越來越大，打起架來，她也越來越招架不住了。

真正讓女孩不再盲目崇拜父權、甚至讓她開始思考性別問題的，不是身邊的這些人物，而是養在馬廄裡的兩匹馬，遲鈍的公馬麥克與野性的母馬芙洛拉。兩匹馬都已經不能再工作了，所以被女孩家買下來榨乾最後一點剩餘價值——屠宰之後餵狐狸。其中，麥克的「大限」先來到。得知麥克要被射殺，女孩邀弟弟一起躲著偷看這個過程。雖然她承認自己並不想看，但是又覺得必須看，因為這時的她，還是相信必須像男孩一樣勇敢。去看馬被射殺，顯然也被她歸類為一種勇氣的表現。

但是這一看，卻改變了她。溫順的麥克完全不知道將面臨怎樣的命運，就跟著亨利走，中間還一度天真地想找草吃，結果等著牠的，卻是致命的槍擊，這一切讓她突然想起了曾經被自己作弄的弟弟。只因為麥克很聽話，就得任人宰割，這場景豈不是似曾相識？當年，自己不也趁弟弟年幼可欺，為了好玩就不顧他的安危騙他爬到穀倉的樑上？她開始對於站在權力那一邊的人們產生了懷疑。目睹亨利笑著欣賞麥克的死前抽搐，當成是在看雜耍表演一般，還有父親射擊麥克的過程中那種公事公辦的冷淡，女孩頭一次用「這兩個男人」來指稱原本被她崇拜的父親與亨利，內心的一部分，似乎開始想和「這兩個男人」保持距離了。

麥克的死亡場景雖然帶來了衝擊，女孩還是逞強地在弟弟面前裝鎮靜，但其實弟弟才是那個真的似乎沒受到什麼撼動的人。女孩則不僅在當下有點顫抖，而且從那次的事件之後，行為上也有了改變，開始把自己的房間布置得比較夢幻，而睡前習慣在腦中編故事說給自己聽的她，也不再像以前那樣，總編些英勇救人的故事，反而開始幻想自己是被拯救的那一個；頭髮長度與衣著搭配等屬於「女孩」關心的主題，開始進入故事中。

孟若讓我們看到，女孩似乎不再向男性那邊靠攏了。顯然「這兩個男人」的行徑讓她有些幻滅，也開始懷疑，莫非認同男性價值意謂對生命的消逝無感、對欺負弱小不以為意？如果是這樣，那麼像男孩或許也不是多麼好的一件事？這樣的疑惑，使得她不再堅持「不可以像個女孩」。

到了芙洛拉預定被射殺的那天，女孩更是直接在父親和芙洛拉之間做出了選擇。這匹桀傲不馴的母馬本來就暗暗呼應了女主角的形象，到了最後，更成為讓她重新思考「自己到底該認同什麼價值」的關鍵。不同於傻傻地被射殺的麥克，芙洛拉掙脫了控制，奔馳著想逃離牠的宿命。在牠逃跑的過程中，雖然男性全員出動追捕，但女孩最靠近圍籬的出口，是唯一有機會關門阻止牠逃走的人。然而，即使聽到父親在遠方大叫著要她快關上門，她非但沒有照做，還盡可能地把門大開。這並不是一個深思熟慮判斷後所做的決定。女孩說，她其實沒有做任何決定；像是本能直覺般，她就是這樣做了。

理性分析起來，她也知道父親確實需要馬肉來餵狐狸，所以一定會把芙洛拉抓回來，哪裡有牠可以盡情奔跑的空間呢？放走芙洛拉註定是徒勞的，只是增加父親的工作而已，更糟的是，她從此也不會被父親信任了，因為她沒有站在他那邊。「我站在芙洛拉這邊，這使得我對任何人來說都毫無用處，甚至對芙洛拉也是。但我還是不後悔在牠向我跑來時把門大開，那是我唯一能做的事。」習慣聽命於父親的女孩，感受到女性與動物相似命運的那一刻——女性不也和不得自由的芙洛拉一樣任掌權的男性支配？終究還是聆聽了自己內心的聲音，站在動物那一邊。

而女孩刻意強調自己的作為並非理性思考下的決定，也如同質疑了傳統的性別二元價值：女性是感性的、聽從本能的、所以往往也是柔弱的、無用的，因為父權社會定義的成功，需要的是智性判斷，是理性，還有勇於採取主動攻勢的積極性。然而根據智性所做的判斷就必然優於本能直覺反應嗎？目睹一匹馬的自由馳騁而感到興奮感動，為牠打開大門的舉動，真的毫無意義嗎？孟若透過女孩的「義無反顧」，讓讀者也有機會重新思考原本的二元判準。[26]

但是長期認同的價值豈是一夕可以翻轉？女孩內心雖然越來越懷疑傳統的男性價值是否真的值得崇拜，還是無法篤定地認為違逆父親的自己做對了。「男人組」凱旋歸來後，弟弟得意洋洋地炫耀身上的血跡，表示芙洛拉不但被抓到還被切成五十大塊，同時，作為目擊女孩故意放走芙洛拉的唯一證人，他向父親告密，說姊姊根本不是來不及關門。被弟弟戳破之後，女孩羞愧地發現自己竟淚水盈眶。羞愧，或許不是因為自覺對不起父親，而是因為她擺脫不了流淚是弱者這樣的定見。這時弟弟又繼續告狀說姊姊哭了，沒想到父親沒有責難她放走芙洛拉，但也不理會她的哭泣：「不用在意。她只是個女孩。」看似寬恕的言語，卻讓女孩感覺自己被徹底地無視了。故事結束在女孩說自己並沒有對父親輕蔑的言語提出抗議，因為她打從心底覺得，「或許這是真的。」

「或許自己真的只是個女孩。」這到底是自我厭棄地接受了宿命？還是終於了解到，男性價值若被過度推崇，也可能導致濫用權力、輕蔑他者，並不像她曾以為的那般值得全盤認同，所以還不如接受自己身為女孩的定位？另外，是麥克的死與芙洛拉失敗的逃亡所喚醒的感性，讓她不再壓抑自己原本就具有的女性特質？還是「或許」兩字才是關鍵，暗指她仍然不確定該怎麼自我定義？〈男孩與女孩〉故事的結尾，留下了各種詮釋空間，像是暗示弱弱結盟的結果必然是雙雙被邊陲化，卻又

26 從這個故事細節可以去延伸思考的問題是，本能與智性可以分出優劣嗎？還是原本兩者就不可二分？法國哲學家柏格森（Henri Bergson）曾表示，長期以來本能與智性被視為對立，但它們其實是兩種不同的知識模式，或可說是「兩種趨向」，只是我們卻總是把看起來似乎不必學就知道的種種本能，視為必然比智性低下。其實，本能這種知識模式所關注的，是與自己相關的客體，本能就是直接擁有對這些客體的知識；而智性則是從一無所知開始，但會逐漸延伸去理解客體與客體之間的關係、以及哪些條件下會產生什麼結果等等。本能與智性在演化的路上雖然分開了，成為兩種趨向，但這兩者仍有著重疊的可能，只是前者是對事物的知識，後者是對關係的知識。柏格森並指出，我們可以將本能與智性視為相反或互補，但作為兩種不同的趨向，它們的差別是在知識的類型上，而不是強度或程度上，同時，在智性之中我們也總能發現本能的痕跡，兩者並非對立。詳見他的 *Creative Evolution* 一書。

好像打開了重省性別二分的契機。

這樣曖昧的結尾或許更真實地反映出性別認同是何等漫長而辛苦的過程，甚至終其一生都可能是一個不穩定的身分。而弱弱結盟到底會不會對任一方都「毫無用處」也確實是個難題，牽涉到許多複雜的面向。

若檢視女性主義和動物保護的運動歷程，關於到底該不該結盟的問題，也同樣有著分歧的看法，甚至在兩方的「陣營」中，都有持不同理由主張劃清界線者。女性主義者多娜文（Josephine Donovan）就曾引述辛格在《動物解放》初版序言中所說的一段話，指出他如何不樂見動物權運動跟「女性化」（womanish）情感牽扯在一起，擔心如此會導致這個運動貶值：「我們並不是對動物特別『感到興趣』。我們也從來沒有對狗、貓或馬有特別的喜愛……我們其實並不『愛』動物……將反對殘害動物的人描繪成多愁善感、情緒化的『動物愛好者』（意謂著）把整個議題摒除……在嚴肅的政治和道德討論之外。」

多娜文發現，另一位當代動物權理論家湯姆．睿根（Tom Regan）也有類似的傾向。在《動物權案例》（*The Case for Animal Rights*）序言中，睿根強調，「所有關心動物利益的人都……熟悉像『非理性』『濫情』『情感豐富』或者其他更糟的指控。我們要證明這樣的指控是假的，只能藉由共同的努力，不要再放縱我們的情緒或炫耀我們的感情。而那樣做需要持續投入理性研究。」但多娜文批評，睿根此處承繼了笛卡爾以降的理性主義，卻沒考慮到，這套理論也是將虐待動物合理化的幫兇。[27]

事實上，就像哲學家納斯邦所指出的，即使辛格等效益主義派人士自認對動物福利的評估都是從理性考量出發，但他們若要落實本身的呼籲——減少動物不必要的痛苦——也還是得去「想像」動物的痛苦，才可能企近牠們的處境，所以也不是完全可能摒除情感的。[28]

一味強調運動的理性走向雖然有其「苦衷」，但對存在於性別二元結構中的問題

27 可參考吳保霖所譯的〈動物權與女性主義理論〉一文，收錄於《中外文學》第三十二卷第二期〈動物研究〉專輯。

28 同第一章註11。

就會缺乏足夠的警覺。畢竟，與男性／女性這樣的二分法相連結的，是一整套高低位階分明的價值觀，諸如人性／動物性、心靈／身體、智性／本能、理性／感性等等，眼見這些二元結構中與女性歸為同一邊的，都仍被貶低或打壓，我們如果堅持固守其中的一端，等於是去鞏固這個二元體系，讓它更不可撼動。

如果說動物研究者不重視性別議題，那麼女性主義這邊忽略動物的情況也不遑多讓。女性主義研究者柏克（Lynda Birke）發現，其中部分原因可能在於，她們不想和動物一樣被視為較低下的他者：女性常被含有高度厭惡之意的動物修飾語貶抑，如以小雞（chick）意指小妞，母牛（cow）用來損人，性感小貓（pussy）亦有調戲輕慢的感覺。但是以動物形容男人時，則通常代表較高的價值，或至少是男性所自以為豪的，例如稱男人為「種馬」（studs）或「公鹿」（stags）。

柏克並認為，在動物觀察的領域中，性別歧視十分普遍，可能也是有些女性主義者不想去結盟的原因之一；在科學性的敘事中常可見陽剛雄性與嬌羞雌性對立的形象，例如，「在鳥類考察指南中更通常將雌性貶抑為『有點兒平凡乏味』，將雌性屈從於對雄性的描述之下。」這些都讓女性主義者更傾向於強調演化的不連續性

（evolutionary discontinuity），也就是主張性別與性向是被社會建構的，而非天生自然的，以免被生物決定論（biological determinism）帶著走，造成女性和動物一樣居於弱勢的處境，不得翻身。

對此，柏克引述了自己先前在《女性主義、動物與科學》（*Feminism, Animals, and Science: the Naming of the Shrew*）此著作中的說法，建議女性主義者還是應該試著將動物納入考量。在拒絕生物決定論的同時，不應該害怕被貶低歸類到文化中所謂「動物性」的一邊，反而應該去改變這種動物性就等於低等的偏見：「我們所需要的是一些能將動物納入女性主義的方法，而非一味將牠們視為『外於文化』（outside culture）而加以拒絕。如此的做法也許能將我們帶出生物學／決定論 VS. 社會建構論的簡單二元區分。」[29]

的確，女性主義如果只強調性別的流動性，卻不去考慮人性與動物性之間的流動

29 可參考廖勇超所譯的〈親密相近？女性主義與人類——動物研究〉，亦收錄於《中外文學》第三十二卷第二期〈動物研究〉專輯。

可能、以及自然與文化之間的種種曖昧，那麼就會和前述預設理性和感性二分的動物研究者一樣，面對二元價值對立的問題時，缺乏足夠的警覺。也因此，即使就運動的層次來說，弱弱結盟未必總是有效，甚至未必總是需要結盟，但至少，從事弱勢運動者要能避免重複二元對立機制中的歧視與壓迫，同時要能看見，被分隔在疆界兩端的，不論是所謂的男性特質與女性特質，或是人性與動物性，永遠有著彼此交相滲透、越界與協商的可能。

孟若故事裡那個和芙洛拉一樣英氣煥發的女孩如果能發現，她其實並不需要在冷淡的男性與善感的女性之間選一個來認同，因為那些關於男性特質與女性特質的界定根本太僵化、太專斷，或許故事的結局，就會少一點曖昧猶疑吧？在性別意識的發展已有相當進步的今天，女性所擁有的認同自由，相信已經比孟若故事裡的女孩來得多，但若要讓動物受到少一點剝削，讓未來的藍與芙洛拉能有自由奔跑的空間，則還有很長的路要走。

讀〈男孩與女孩〉的時候，我總是會不斷地聯想自己的成長過程，因為我也是這樣一個認同父權價值的女孩。在發現傳統的女性特質總是被貶抑之後，不想輸、不想被看輕的我，總努力想讓自己像男孩一樣。也是在這樣的認同取向下，大學時選擇資訊工程系為第一志願。儘管自己一直喜歡寫作、喜歡文學，但「真正優秀的學生要唸自然組」這種定見，讓我壓抑了自己的興趣。在資工系時唸得並不順利，面對高中開始就寫程式的強者男同學們，我的競爭心雖強，但挫折感也強，最後終究決定轉系，「逃」進了外文系。

幸好有這樣的一逃，讓我在文學的世界裡，看到了自己過去的觀念有多麼偏狹，看到了那些二元對立的價值觀，如何限制了許多人的可能性，也讓我發現，透過文學、透過論述來瓦解這些二元對立，就是我能夠幫助動物的方式。也因此，雖然我每次講到故事裡被切成五十大塊的芙洛拉時，都還是會鼻酸不忍，但我不會像故事裡的女孩那樣因為感情豐沛而感到羞愧，因為我知道，我同時可以很理性地藉由這個故事，向學生解釋女性主義與動物研究的理論。理性與感性，說服與感動，同樣不用二選一。

來自蛇女的誘惑／挑戰——史坦貝克的〈蛇〉

美國作家史坦貝克（John Steinbeck）的〈蛇〉（The Snake），看似也有著女性與動物這兩個典型弱勢元素的結合，不過故事裡和蛇的形象如出一轍的神祕女主角絕非弱女子，她只是一開始被男主角小覷，但很快就翻轉局勢，讓男主角居於下風。如前節所言，與男性／女性這樣的二分法相連結的，往往是一整套高低位階分明的價值體系，諸如人性／動物性、心靈／身體、智性／本能等等，而其中與女性綁在一起的特質，向來都被視為是較低等或負面的，〈蛇〉在重省這些二元價值時，還多檢視了一組對立，就是科學理性 VS. 神話迷思。

史坦貝克筆下的女主角眼睛灰濛如視力遲鈍的蛇，身形瘦長，移動起來則滑溜迅速又安靜無聲，這些刻畫都是有意要讓讀者聯想到蛇。她雖和動物性、直覺、本能、神話迷思這些慣常被貶抑為女性特質的意象相連結，卻因為種種不按牌理出牌的詭異行徑，翻轉了這些二元價值的優位順序，讓讀者因此可能看出二元對立結構本身的不穩定：男性就非得展現冷靜的一面，不可以流露感性嗎？對理性的極度推崇難道不會走向「非理性地信奉理性為唯一真理」這樣的弔詭？科學又真的總是客觀而不容質疑的嗎？雖然在故事中，女主角本身的行徑也有諸多可議之處，但就結果而言，她確實靠著一種類似「解構」的方式，讓這套二元位階的序位有被翻轉、進而瓦解的機會。[30]

從一開始，史坦貝克就很有技巧地透過行文的節奏，為男女主角強弱地位的逆轉做準備。在女主角出場前，敘事的步調緩慢平穩，男主角——年輕的科學家菲利浦博士——到潮池搜集樣本、回海邊的實驗室馬虎地用水煮豆子解決一餐就打算開始工作、檢視響尾蛇的狀況、餵老鼠、為海星實驗做前置作業準備……一切，顯然都在他掌控之中。但從來意不明的女主角闖入實驗室之後，就打亂了男主角原本按部就班的工作節奏。

她先是提出了要買一條蛇的要求，接著又說要現場觀看蛇吃老鼠，看著蛇把老鼠吞下之後，她拋下了還會再回來看這條蛇的承諾，從此消失無蹤。在整個過程中，男主角完全得聽命於女主角，甚至因不解她的行徑而感到害怕，簡直就像等著被蛇吞食的那隻老鼠。對於這位形象與蛇多所呼應的「蛇魔女」（以下簡稱蛇女），評論者們的解釋非常多樣，包括將她視為來自伊甸園的誘惑者、患有官能症的女惡魔、難解的原始生命形式或動物性本能的象徵等等；至於代表科學理性的菲力浦博士遇上蛇女後，究竟是就此被喚醒了壓抑的情感面向，或是讓自己「瘋狂科學家」的真

30 以非常淺易的話來說，解構主義（deconstructionism）首先觀察到的，是在二元結構對立的兩極中，總有一端會被當成比較重要的、優先的——若以「第一、首要」名之，另一端就是「第二、次要」。而解構策略的操作模式則是去論證，第一若要能證明自己是第一，需要第二的出現，否則不能成就其第一的地位，如此一來，第一可是說出現於第二之後，所以第一的順序就變成了「第三」。這並不是真的要宣稱，既然第一其實是第三，那麼第二才是真正的第一，否則又等於是回到了原本位階分明的二元對立裡，而是要透過這種翻轉，讓人們換種方式思考，了解到原來第一也可能變為第三，如此一來，就有機會發現，原本我們認為不可撼動的排序，極可能是荒謬的，而第一和第二之間，可以是依存或互補的關係，而未必是對立。我們當然不能說故事中的女主角是有意要去進行任何解構，但她的作為確實透過了動搖男主角代表的科學理性，達到翻轉二元機制的效果。

面目昭然若揭？歷來的評論者更是各有一套詮釋。

如果我們參考史坦貝克自己的態度，會發現他本身雖然對科學極感興趣，卻不是完全站在科學家那一邊。他曾批評所謂客觀檢視其他物種的行為，其實太過自以為是。他還不無戲謔地說，人類光靠把其他物種放在顯微鏡下分析觀察，就以為能了解物種的特色，卻不曾好好檢視人類這個物種，不曾發現人類並沒有比動物好；甚至在很多方面都不像動物那麼好。「如果我們把這種自負的觀察方式用在自己身上，一如我們檢視寄居蟹那般，根據所得到的資訊，我們將不得不說，『**智人**的特徵就是這一群人會周期性地感染上瘋狂的神經症狀，以至於會互相攻擊、毀滅，不只毀掉同類，還把同類所創造出的一切也毀掉』。」[31]

由此不難看出，史坦貝克認為，自以為是的客觀觀察並未替人類帶來深刻的自我反省，而如果科學的「客觀檢驗」並非那麼值得憑恃，或許以小說作為檢視人類這個物種的方式，更能照見人性的曖昧。也就是說，或許〈蛇〉這個費解的故事，正是要挑戰那種認為唯有「精密觀察」「客觀檢視」「理性表述」才是追求知識正確之道的觀點，而當蛇女以神祕難解的面貌出現，挑戰著一成不變的科學家之際，也為讀者打開了各種各樣的思考可能。

而在諸多的思考路徑之中，對於科學方法，甚至更明確地對於實驗動物問題的反思，當然也可以是選項之一。故事中科學家的視野，都「侷限」在顯微鏡下的世界——顯微鏡原本是要幫助我們進行肉眼所不能的觀察，但是因為科學家只專注於顯微鏡下的世界，導致他對發生在眼前的事情竟無力招架。

其實從故事一開始，史坦貝克就有意讓讀者看到科學家「與世隔絕」的一面——他只醉心於封閉在實驗室裡觀看實驗結果。他同時也是一個亞當般的角色，像亞當治理動物一樣，掌管著他囚籠似的伊甸園實驗室、深信透過實驗與科學的方法就能為生命的意義找出解答。他壓抑情感與感覺，唯獨推崇知識，事實上，他甚至從亞當進展為上帝：他以人工的方式讓海星的精卵結合，暗示著扮演了上帝般的角色，可以很快地創造生命，但也可以隨時準備毀掉生命。[32]他讓海星受精的過程停止在

31 引自 *The Log from the Sea of Cortez* 一書。

32 此觀點參考了 Michael J. Meyer 的“Fallen Adam: Another Look at Steinbeck's 'The Snake'”一文，收

不同的階段：精卵混合之後分置在十片觀察玻片上，十分鐘殺死第一組、二十分鐘後第二組、之後每二十分鐘殺死一組，以便一一放在顯微鏡下觀察研究。在講解與進行實驗的過程中，他始終顯得不帶感情，符合一般認為「專業理性就是疏離淡漠」的印象。

科學家與蛇女「交手」時所犯的第一個錯誤，就是小看了蛇女，認為她和所有曾造訪實驗室的人都一樣，是個對科學實驗懷抱興趣的門外漢，準備來聽他講解、開開眼界，因此他也理所當然地邀請她觀看由他這個上帝做主的、顯微鏡下海星的精卵結合過程。蛇女的拒絕出乎他意料之外，這讓他感到惱怒——怎麼會有人對科學不感興趣？不能接受蛇女的無動於衷，科學家先是用「專業」來貶低蛇女，說她「看起來就像青蛙一樣，新陳代謝率偏低」，後來更為了激起她的反應，在她面前劃開了死貓的喉嚨——稍早剛被安樂死的貓，就這麼直接拿來在蛇女眼前進行實驗。科學實驗的客觀與必要性在此被畫上了問號，因為科學家之所以進行這個實驗，只是為了想讓蛇女震懾，而不是基於任何促使科學進步的目的。取代客觀性出現的，是科學家個人的私慾。

至此史坦貝克已透露了一些關於科學家個性的線索：他的冷靜與理性很可能只是刻意壓抑情感的結果，所以當蛇女的行徑越來越費解、超出科學家理性掌握的範圍時，科學家的情緒也越來越起伏不定。例如在故事中，當蛇女要求現場餵蛇吃老鼠時，科學家顯然不願意，所以告訴她蛇這周才剛吃過，可以好幾個月不用再吃，目前沒必要餵食；但另方面又拗不過蛇女的堅持，只好語帶酸味地說：「我知道了。妳想看響尾蛇進食。好，那就給妳看。老鼠是二十五分錢。妳可以把這看成像鬥牛表演，但換個角度看，不過是蛇在吃晚餐。」最後他更負氣地問她，要不要乾脆別餵蛇吃老鼠，改為送貓入蛇口，過程更刺激。

科學家認定蛇女的要求是出於想追求某種視覺刺激，並且亟欲將自己與蛇女區隔開來：「他痛恨人們把這些自然的過程拿來當競技娛樂。他一點也不愛好競技，而是個生物學家。他可以為了知識殺無數的動物，卻不會為了好玩而殺一隻蟲。」然而科學家所做的實驗是否真的都是為了知識？以知識之名，又是否就可以不用檢驗

錄在 *The Steinbeck Question: New Essays in Criticism* 一書中。

其必要性與可能牽涉的倫理問題？當他刻意用死貓做實驗想嚇蛇女時，他的心態和「為了好玩而殺一隻蟲」有多大的分別？當然我們也可以說，科學家的「失態」是蛇女造成的，但從另一方面來看，科學家原本之所以顯得冷靜而智慧，會不會只是因為他遺世獨立地在小實驗室中重複著他所熟悉的事物，而不是因為科學理性足以造就客觀性？

其實正是由於科學家一向封閉在自己的世界裡，才會對於他無法處理的外來刺激，變得只能採取忽略或否認的方式，一再惡性循環下去。故事中科學家僵固地被自己預設的想法束縛，以至於逃避或壓抑和他的預想不一致的各種刺激，於是當蛇女的行為讓他感到不舒服、不知如何應對時，他只能逃回他習慣依賴的科學裡。其實科學家曾一度感受到自己心情上的變化——之前當他需要餵蛇吃老鼠時，不曾產生過替老鼠難過的情緒，因為牠們都只是實驗用的消耗品，現在，他卻有些憤怒地質問蛇女，該餵蛇「哪一隻老鼠？」哪一隻老鼠該這麼倒楣地被選中？在他的提問裡，老鼠已經不再被視同消耗品，每一隻老鼠彷彿開始有了個別性，是不同的生命主體。

但即使如此，科學家還是不想面對自己甦醒的情感，不一會兒又繼續選擇以「蛇吃鼠不過是客觀存在的事實」「老鼠就只是老鼠」來說服自己，同時在蛇吃鼠的過程中，還不斷使用科學的語言，向毫不關心科學的蛇女講解這個「自然」的進食過程。直到故事最後，他都還是想抓緊理性為依歸，即使因為不解蛇女的行徑而陷入迷惘，想依賴祈禱的力量安定自己，但終究因為連宗教都被他視為是迷思，所以他還是選擇對自己說，「不，我不能祈禱任何事。」不允許自己訴諸神祕的力量、墮入不科學的那一端。故事中的許多細節，在在透露了史坦貝克對這種純粹不容一絲異質的科學，是有所質疑的。

弔詭的是，不管科學家多麼不願意承認，經過了蛇女這樣的「搗亂」，他還是產生了一些改變，甚至期待再見到她、主動去尋找她的蹤影。這除了意謂蛇女對科學家的（性）吸引力，或許也暗示著在經過蛇女的震撼教育後，科學家未來將有可能改變他原本觀看世界的方式？這些可能性當然都只能任由讀者猜測，但這個故事有意思的地方也在於，透過蛇女這個角色，對於科學實驗不同的思考路徑有可能得以打開。

蛇女本身的恣意而為與不按牌理出牌當然不能被視為某種典範，但她確實在無意中顛覆了科學理性至上論。蛇女的行徑讓科學家不得不看見，不管是為了什麼目的，終止其他物種的生命必然包含某種殘酷，如果以科學為名，不斷將手段合理化，就可能變得麻木，從而對生命無感。如果科學實驗在這種冠冕堂皇的理由下變得不容質疑，長久下去，實驗動物倫理所強調的3R（「取代（Replace）」「減量（Reduce）」，以及實驗「精緻化（Refine）」）就會在這樣的態度下變得只是口號，難以落實。

然而就如同先前所提醒的，蛇女本身的行為也挑起了很多值得追究的問題。例如，老鼠死於人想看牠被蛇吃掉與死於科學實驗，兩者有沒有差別？差別在哪裡？是否前者才叫殘酷而後者則不算？很顯然，即使我們可以質疑科學實驗是否真的那麼抽離與客觀，也不代表蛇女是對的，更不表示我們可以推論：不論基於何種目的而殺害動物，殘酷或不公義的程度都一樣。畢竟這種推論，將會因為沒有去區隔動物的受苦程度以及使用動物的目的有無正當性，反而導向另一種不利動保的陳述，認為反正動物終究會被人以各種方式利用，所以怎麼死或怎麼用都無所謂。也就是說，正因為蛇女的行為本身並不足取，我們反而發現了在實驗動物議題上更多有待思考與回應的面向。

辛格在《動物解放》一書中曾指出，「要不就是動物和人類不相似，要不就是跟人類相似；如果不相似，就沒有理由做動物實驗；如果相似，則對動物做人類所不堪忍受的實驗是傷天害理的。」曾獲諾貝爾文學獎的南非作家柯慈（J. M. Coetzee）在《伊莉莎白・卡斯特洛》（*Elizabeth Costello*）一書中則藉由動保人士（主角卡斯特洛）之口宣稱：「人類中心的科學實驗讓你得出的結論是，動物是愚蠢的。因為那些實驗所重視的是如何自一無所有的迷宮中走出來，卻沒有發現，如果設計這些迷宮的研究者自己被用降落傘丟進婆羅洲的叢林，他或她也是一周就會餓死。愚蠢的不是動物，是這些實驗本身。」以上這類說法，長期以來不是被視為嚴重誤解科學實驗，就是被當成偏頗或過激的言論。[33]

---

33 動保團體本身也很害怕被貼上過激的標籤，貝克在《描繪野獸》一書中就曾指出，為了澄清自己所走的並不是「非理性的激進路線」，英國「皇家防止虐待動物協會」（RSPCA）甚至曾在文宣上

的確，上述的宣言未必是反對動物實驗最好的主張，或是足以促進實驗動物福利的有效說帖。關於實驗動物，「最好的」「有效的」動保主張，可能還沒有出現，因為我們連「科學不等於理性、客觀、進步；科學實驗並非全都不容質疑」這樣的觀念和態度，恐怕都還沒有建立。

實驗動物的福利難以推動的原因或許千絲萬縷，但不能否認的是，其中一個原因在於這是一塊動保難以介入的黑暗大陸。一旦動保人士想介入實驗動物的問題，往往就被扣上「妨礙科學／醫學」的大帽子，接著，「不做動物實驗，那你生病要不要吃藥？」這類的問題就被拋了出來。然而，如果需要從事動物實驗的「圈內人」始終只是高舉科學大旗來因應，外界是否更可能質疑實驗的必要性並未經過細部的評估與檢討？而科學理性至上論又是否會讓任何為實驗動物發聲的努力都被同質化地抹黑為善感或濫情的訴求？其中有許多複雜的面向，的確或許是只有「圈內人」才了解的，但也正因只有他們能置喙，實驗動物福利的提升，就更有待「圈內人」積極進行思辨與改變。這樣的思辨不但需要科學專業，同時也需要人文思考的介入，這或許也是〈蛇〉這個奇怪的故事可以稍微派上用場的地方。如果這個作品能透過它神祕幽微的光，照向實驗動物這塊動保的黑暗地，那麼或許會有更多人願意重新看待長期以來被視為理所當然、不可替代的動物實驗，或願意開始討論，科學家自我監督的必要，乃至重省科學主義的必要。

・・・

我曾想考醫學系，和已逝的父親一樣當個醫生，所以高中時原本是第三類組班，也因此做過人生唯一一次的動物實驗——解剖青蛙。過程的細節我已經全部忘記了，我想是因為不想記起的緣故吧。但對於實驗課前一天班上的氣氛，卻印象深刻。得知隔天要解剖青蛙，有同學帶來了一本滿是血腥照片的書，神色自若地翻

強調，他們的支持者會懂得使用剪刀去剪下附在協會宣傳海報分隔線下方的捐款方式資訊，而不是用鋼絲鉗去剪掉禁錮動物的鐵籠與圍籬。

閱，不少同學也為了展現自己的「勇敢」「冷靜」，湊過去看。我沒有刻意加入這個「儀式」，但在心裡叮嚀自己明天一定要通過這個關卡。解剖課就像是考醫學系之前最基本的測試，如果第一關都過不了，還談什麼未來？而且一定不能被其他同學覺得自己不敢解剖，更不能有任何害怕的情緒，否則等於在眾人面前展現自己「不夠格」。

好強的我雖然確實表面平靜地撐過了解剖課，但卻知道自己沒有真的通過這一關，因為我不可能在往後每一次動物實驗時，都如此硬撐。我因此轉到了以理工科系為大學志願的第二類組班，考上資工系之後，又在大二轉到我現在任教的外文系。失去了以「圈內人」的專業身分為實驗動物說話的機會，我仍想在圈外做點什麼，所以從開設了「文學、動物與社會」這門課之後，每次都會選讀〈蛇〉這篇故事，希望通識班上相關科系的同學們，能多多少少被影響，成為一個不太一樣的「圈內人」，讓提升實驗動物福利之路，不會永遠道阻且長。

【第四章】

羈絆的奧義——無法／不願獨活的人類動物

沒有救贖的人類動物——《變形記》裡無路可出的人／蟲

本書的【導論】曾以卡夫卡〈致學院的報告書〉說明人類動物與非人動物的疆界如果顯得涇渭分明，恐怕是人類為了揚棄動物性所做出的專斷區隔。當時故事中扮演模糊人獸疆界角色的紅彼得，畢竟是靈長類動物，牠學會語言就「跨界」到人類世界的歷程雖然奇幻，但並不驚悚，猩猩的人模人樣，甚至產生了某種諧擬（parody）的趣味。《變形記》就不同了，變成甲蟲般的生物、失去了語言的葛雷高・薩姆沙，一旦跨界成為人類所恐懼與輕賤的蟲，不但虛無荒謬到有些恐怖，也幾乎預示了無路可出的悲劇結局。無怪乎曾有評論者表示，紅彼得是卡夫卡作品中相對而言頗為成功的英雄角色，面對從天而降的災難，牠不做無謂掙扎，但仍找出了適應的方式。同樣也是飛來橫禍，一覺醒來就變成蟲的葛雷高，際遇卻大不相同，不論他如何適應這個蟲體——背部堅如盔甲、腹部分隔成數個弧形硬片、還有著與龐大身軀相比時顯得過於瘦弱可憐的細腳，這個新面貌對家人而言還是非常驚嚇，他也終究成為家人眼中的累贅，妹妹口中的怪物，孤單地死去。[1]如果說〈致學院的報告書〉模糊了人與動物的界線，莫非《變形記》是更悲觀地宣稱，這庸庸碌碌的人生，本質上和輕易就可以被壓扁的，渺小的蟲，沒有太大差別？

很多時候，《變形記》確實會給讀者帶來這樣的感受。而由於卡夫卡曾在日記中

1 卡夫卡到底讓主角變成了什麼蟲？關於這點一直眾說紛紜。雖然身兼作家與昆蟲學家的納博科夫（Vladimir Nabokov）曾根據文中有限的線索，推斷葛雷高是變成了甲蟲而非蟑螂，但美國翻譯學者蘇珊．別諾夫斯基（Susan Bernofsky）卻認為，卡夫卡使用的蟲（Ungeziefer）一字屬於中古高地德語，指「不宜用於祭祀的不潔動物」，所以可用來指昆蟲、害蟲、齧齒類，也因此卡夫卡應該是意在「要我們以朦朧不清的觀點來看待葛雷高的新身體，就像葛雷高自己也這般看待一樣。」證諸卡夫卡自己在此書出版前，特地寫信給出版商，交代封面不可以畫出這隻蟲的這個小插曲，別諾夫斯基的推論似乎更顯得言之成理。可參考收錄於《卡夫卡〈變形記〉（又名〈蛻變〉）：存在主義先驅小說》一書的〈《變形記》出版祕辛〉。

提及父親用「害蟲」一字羞辱他的朋友，猶如間接指涉他也是隻害蟲，喜歡「對號入座」式閱讀的話，更可以由此直接推斷出這種同時存在於虛構與真實中的，人與蟲形象的重疊。[2]至於生活規律、工作準時，肩負家庭經濟重擔的葛雷高在發現自己莫名變成蟲之後，所在意的，竟依然是錯過早上五點的火車之後該如何趕上下一班、如何回到不辜負任何人期待的「常軌」，這種沒有自由意志、必須照表操課以求「生存」的樣態，更是很難不令人聯想螻蟻般的處境。儘管如此，若是對《變形記》的閱讀僅停留在將人蟲加以類比，並因之感嘆的層次，還是有些可惜。因為即使葛雷高的確走向了沒有救贖的悲劇盡頭，但蛻變為蟲的他所經歷的種種，都是探問人生／蟲生「何以至此」的契機。

事實上，《變形記》故事的開端，用有點黑色幽默的流行話語來形容，根本是「社畜的夢想成真」。一直犧牲自己、照顧家庭的葛雷高，內心深處對於工作充滿不耐，與周遭十分疏離且不被重視的他，在形體變成蟲之前，其實早已被看成蟲一般的存在。「既然如此，不如乾脆變成蟲好了，變成寄生蟲，不用上班，換家人來養我」，這恐怕是葛雷高所壓抑的願望吧？[3]所以當願望以如此極端的形式成真之後，我們雖看到葛雷高的困惑與困擾，卻也看到變成蟲的他，曾短暫培養出足以解悶的興趣：「他養成在牆壁和天花板爬來爬去的興趣，給自己解解悶。他尤其喜歡掛在天花板上，與趴在地板上感受截然不同，呼吸更加順暢，還有一股輕顫掠過全身。偶爾，他在上頭飄飄然沉浸於喜悅裡，竟出乎意料腳一鬆掉了下來，啪地摔在地上。不過他現在比之前更能掌控身體，摔得這麼重，也沒有受傷」。[4]儘管我們可以說這是他困在侷促空間中不得不自救的方式，但是，在葛雷高變形之前，連這樣的喜悅都不曾擁有，畢竟，從父親口中所透露的，他工作之餘的生活——坐在桌旁靜靜看

---

2 許多評論者都同意，在《變形記》所描述的，充斥敵意的世界中，父子的緊張對立是一個主要子題，而這和卡夫卡本身長年得不到父親認可不無關係——他認為父親讓自己始終自覺渺小且無存在價值，一如害蟲。亦可參考耿一偉為卡夫卡《給父親的一封信》（*Brief an den Vater*）中譯版所撰寫的導論〈我跟我的朋友都不是害蟲〉，其中提到卡夫卡父親用來形容他朋友的字眼，和《變形記》提到主角蛻變而成的蟲，同樣都是德文的害蟲（Ungeziefer）一字。

3 可參考戈德法布的評述，"Critical Essay on *The Metamorphosis*." 出自 *Short Stories for Students* 一書。

4 此處及以下對《變形記》文本的引用，皆採管中琪譯自德文版的文字，收錄於《卡夫卡〈變形記〉（又名〈蛻變〉）：存在主義先驅小說》。

報紙，或者研究火車時刻表，或動手做些木工——與前述所謂飄飄然的喜悅，距離頗為遙遠。

如同評論家戈德法布（Sheldon Goldfarb）所言，作為人的時候，葛雷高沒有朋友、戀人或社交生活，讓他感覺乏味且疏離的工作，幾乎就是他人生的全部。但作為一隻蟲，他可以擺脫工作和家庭責任。他不用再匆忙趕火車上班，不用再由他照顧家人，而是輪到家人來照顧他：「在某些方面，他作為蟲的生活就像一個無憂無慮的孩子的生活」，不但終於獲得一些快樂，連受傷的時候似乎也曾一度像生命力旺盛的孩子一樣，恢復得比以前更快。

只不過，這種透過變成蟲來逃離原本牢籠的生活，要能「長治久安」，前提是家人必須願意持續配合，才可能讓他繼續像無憂無慮的孩子般，寄生在家裡。葛雷高顯然沒有這種來自家人的奧援。原本就很嚴厲的父親，在他變成蟲之後，更是最常因暴怒而傷害他的人；母親雖然心痛，卻無法正視他的樣貌，還曾嚇昏過去。和他感情最好的妹妹，對他的照顧更日漸疏懶。也因此，即使變成蟲之後的他，「不知不覺開始為自己而活」，但為自己而活的開端，卻「猶如為自己『社會的我』宣判死刑」。[5]戈德法布注意到，葛雷高為自己而活的例證，表現在他曾兩度爭取自己所想要的：一次是在房間的家具即將被淨空時，他死命想保住一幅裱了框的貴婦圖，另一次，則是想更靠近聆聽妹妹拉小提琴，感受音樂的滋養。但是，「這兩次嘗試他都失敗了，因此，在某種程度上，對葛雷高來說，作為一隻蟲和作為人類一樣：他無法以任何形式滿足自己的需求。」[6]

在這兩個為自己力爭的情境中，拒絕房間家具被淨空的反應特別值得玩味。習慣了蟲的身體後，以爬行為樂的葛雷高，一開始是樂見房間被清空的，畢竟他根本用不上家具了，不如換取更大的爬行空間。但母親對此表現出與妹妹不同的意見，認為把房間清空會讓葛雷高覺得自己被拋棄了，猶如「我們對他的好轉不抱一絲希望，狠心任由他自生自滅，所以才搬走家具」。母親建議，應該保持房間的原樣，如此等葛雷高回復原貌，才容易忘掉這段時間發生的事。正是這番話，讓葛雷高驚

5 引自朱嘉漢，〈火車，囚徒，與異化：關於《變形記》的思索〉，出處同前註。
6 同註3。

覺自己差點就要「遺忘生而為人的過去」了，因此他改變心意，決意不讓房間被清空，也才會在情急之下，忘了不能讓母親看見他現在的樣子，衝出去搶救牆上的畫。

顯然，如果不是因為母親還惦念著葛雷高的人類樣貌，他自己幾乎已經遺忘了。這也間接說明了，何以當妹妹徹底否定他的人類身分時，他不再做困獸之鬥，而是認為自己應該消失：與他感情很好的妹妹，最後竟然說，「我不希望在這個怪物面前喊出哥哥的名字了……牠怎麼可能會是葛雷高呢？牠若是葛雷高，就該明白人和這樣一種動物怎麼可能生活在一起？早應自願離開了」，已經失去人類形體的葛雷高，一度靠著母親對他的牽掛，想起作為人的身分，如今面對妹妹這樣嚴厲的質疑，怎麼還可能肯定自己仍算是人？身分徹底消亡，徒留形體也再無意義；在退回房間，被妹妹猛然關進去之後，他終於默默地死去。而這也猶如驗證了精神分析師拉岡所謂的，人要成為人，必須完成認同三部曲：「一、人知道何謂非人，二、人透過他人認知到自己是人，三、我宣稱自己是人，以免被其他人說服而相信我不是人」。[7] 作為人的時候，儘管葛雷高也與社會格格不入，在越發去人性化與功利導向的時代氛圍中，時有活得像蟲一樣、不被他人當成人看待的，「非人」的自我認同，然而，「像」蟲一樣，畢竟依然表示並不是蟲。但是連身體也變成了蟲的時候，要攀住作為人的過往，就相當困難了。再也無法透過他人認知到自己是人的葛雷高，於是被說服，自己不是人。妹妹那番將他視為迫害者的宣言，等於徹底斷絕了他宣稱自己是人的可能性。連死後，都成為女傭口中的，「隔壁那個東西」。

7 詳見拉岡的"Logical Time and the Assertion of Anticipated Certainty"一文，其中他挪用沙特的劇作《無路可出》（*Huis Clos*），設想了以下情境：有三白兩黑五個相同形狀的圓盤，由獄卒把其中三個白色圓盤，放在囚犯的身後，每個囚犯都能看到別人圓盤的顏色，但看不見自己身上圓盤的顏色；在不能溝通討論的情況下，最先推理出自己圓盤顏色的人，將可以離開監獄。拉岡表示，三名囚犯在觀察與沉思後，會同時移動往出口走去，因為經過推理後，他們同樣可以得出自己是白色的結論，推理過程如下：「既然我看到另外兩人都是白色，我就可以假設，如果我是黑色，他們都可以做出以下的推理：『如果我也是黑色的，剩下的另一個人必然會立刻了解到他是白色的，就會立刻離開，既然他沒有動，可見我不是黑色的』，之後他們兩個人就可以確定自己是白色的，而同時離開。既然現在他們沒有這樣做，我一定和他們一樣是白色的。至此，我就可以走到門邊宣布我已得的結論。」但這個情境要真有出路，有個關鍵，就是當自己推測出顏色之後，必須把這個還不能完全確定的結論，當成事實，加速走向出口，因為一旦被搶得先機，就可能開始懷疑自己的推理，認為自己的確有可能是黑色的，所以別人才會比自己早一步推理出顏色、早一步移動。這也就是正文所描述的，如果不能肯定自己是人，就可能被別人說服，自己不是人。

回到前述人生／蟲生何以至此這個問題。難道錯在葛雷高過度壓抑、自我犧牲，才會換來家人理所當然地習慣他的付出，種下他變成無用的蟲之後，不被接納的悲劇？對於卡夫卡作品的詮釋，向來有相當多的歧異，這樣的觀點自然也存在，但換個角度想，葛雷高得不到救贖的關鍵，與其說是他不懂得為自己而活，不如說是在充滿敵意的大環境下，失去了一切肯認與羈絆。事實上，在葛雷高剛變成蟲，無法下床又急著想去上班時，就曾感嘆「如果有人伸出援手，事情不就簡單多了嗎？只要兩個強壯的人便綽綽有餘」。但不管是助他下床，還是接納心裡某個角落仍相信自己是人——依然深受音樂感動——的他，都是葛雷高盼不到的。當急於回到「日常」的家人，決定切斷與葛雷高的連結，不再把他當成人，而是驚懼憎惡的異己時，足以留住求生意志的羈絆，便再也不可得。也難怪會有論者感嘆，或許「變形」為蟲的，不只是葛雷高，他周圍的人，恐怕才是真正的害蟲。[8]能讓（人類）動物沒有救贖的，始終只有人類。

• • •

同為卡夫卡的作品，本書【導論】中談過的〈致學院的報告書〉不但直指人與動物疆界的模糊，還可用以思考表演動物與動物園等議題，而《變形記》所關心的，則看似單純聚焦在人本身存在的意義、或家庭及社會之中的人際傾軋。事實上，對於人類本質的探問，從不可能脫離「人與動物之別」這類的相關思考，畢竟作為人類動物的我們，不論有意或無意，經常依賴著否定或忘卻自身的動物性，來區隔出人的特殊地位。《變形記》中的葛雷高或許亦然？所以他才會在沉浸於妹妹小提琴的樂音時，自問：他若是動物，會如此深受感動嗎？言下之意，似乎是指唯有人類才能創造音樂、欣賞音樂。而針對這點，卡夫卡的評論者們也確實出現

---

8 引自Meno Spann的“Our Sons”。Enotes網站更名為“Vermin, Meaning, and Kafka”。認為葛雷高周圍的人蛻變為害蟲的批評雖有些嚴厲，而且似乎也掉入人蟲高低位階分明的二元思考中，但難以否定的是，一開始看似最有人情的妹妹，「成為『會算計的』一分子」，是相當關鍵的一種轉變，讓他「終於一點牽掛也沒有了。作為人類的薩姆沙，在這世界上未留下一點痕跡」（朱嘉漢）。

過全然相反的詮釋：有些人的確認為，被音樂打動是葛雷高超越動物性存在的證明，但亦有人主張，其實他是在更企近動物的原始情感狀態時，才開始感受到音樂之美。我們當然無從確認卡夫卡本身的看法，但對於「音樂是否為人類所獨有？」這個問題，倒是可以用「後見之明」做一些不那麼人類中心的思考：《傾聽地球之聲》的作者哈思克（David George Haskell）便反對「動物發出的聲音不可能是音樂」的說法，他駁斥加拿大音樂哲學家安德魯・卡尼亞（Andrew Kania）所謂非人類動物發出的聲音是「非音樂的組織化聲音」這種觀點，認為動物的聲音「結合主旋律與變奏、反覆與層次結構」，而且能刺激其他同類的美感反應。他甚至語帶幽默地表示，如果貓叫春能達到刺激其他貓的美感反應這樣的效果，那麼它就是音樂。而如果人類覺得動物發出的聲音不是音樂，這只是因為我們在科技與想像力上仍有限制，尚不能了解動物音樂的多元型態，以及牠們對美感和情感的體驗。換句話說，動物也可能有牠們的音樂，所以也當然可能受音樂感動。看來，這個自己當年授課時未特意著墨、言人人殊的橋段，隨著對於動物感官豐富性的研究越來越多，如今也已有了「解套」的可能。

被動物救贖的人類——狄西嘉《風燭淚》裡的老人與狗

人與同伴動物之間的深厚情誼因為容易引起共鳴，每每成為電影鋪陳的主題。以《單車失竊記》（*Bicycle Thief*）而廣為人知的義大利導演狄西嘉（Vittorio De Sica）在一九五二年所執導的《風燭淚》（*Umberto D.*），又譯《退休生活》，亦是以人狗情誼作為重要元素之一。這部電影之所以被視為是共情（compassion）的傑作[9]，不僅因為刻劃了孤單的老人與弱勢的少女相互支持，老人對愛犬的不離不棄，更是關

9 詳見Robert Cardullo的“Vittorio De Sica’s *Umberto D.* in the Context of Italian Neorealism: Production, Reception, and Precedence”一文。

鍵，畢竟影片即使有著開放式結局，仍強烈暗示老人與小狗終究是生命共同體。為聚焦探討人與動物關係，對於這部深受電影理論大師巴贊（André Bazin）及法國哲學家德勒茲（Gilles Deleuze）肯定的新寫實主義作品，以下主要討論涉及老人與狗的情節，藉以說明在旁人眼中自顧不暇卻還要豢養動物的弱勢者，如何可能因為這份人與動物之間的羈絆而得到些許救贖。

電影的情節相當單純——老人翁貝托（Umberto）是一名退休的公務員，在政府調降年金、房東毫不通融分期緩繳房租的情況下，陷入無法支付的困境。他不得不變賣珍藏多年的懷錶——「暗喻犧牲僅存的『時間』以兌換即刻的生存」[10]，更令人心酸的是，在向人兜售懷錶時，為保留一絲尊嚴，他還嘴硬地表示這是因為自己有兩塊錶，才需要賣掉多餘的。然而賣錶微薄的金額仍改變不了無處可棲的窘境，因為房東已決意將他趕出去。在走投無路的情境中，只有房東的女僕，同屬弱勢的少女瑪麗亞，和老人彼此關心。儘管自身難保，老人依然悉心照顧他身邊名為佛萊克（Flike）的愛犬。影片用了許多細節表現這一點：用餐時，老人用盡心機掩人耳目，只為把餐盤遞給桌下的佛萊克分食；自己發燒要暫時入院，他除了把佛萊克託給瑪麗亞照顧，還特別要求前來帶他入院的人幫忙，用佛萊克喜歡的玩具轉移牠的注意力，免得難以面對分離的場景；瑪麗亞到醫院探視時，讓佛萊克在醫院樓下的院子裡等待。一聽到佛萊克也來了，老人興奮得像個孩子似地，直奔窗邊，開窗呼喚佛萊克，並發出各種聲音引起牠的注意，好讓牠朝自己看一眼，直到其他病人紛紛抗議窗外風太大，要求他關窗，沒能和佛萊克「對上眼」的老人才悻悻然離開。

戰後的義大利，成為社會的畸零人以至於生存困難的老人，還奢想讓先前飼養的狗得到溫飽，看起來並不符合理性現實的考量，但若從情感需求來看，卻再合理也不過。英國自然作家海倫・麥克唐納（Helen MacDonald）在她的散文合集《向晚的飛行》（*Vesper Flights*）中，談到不見容於都市的餵食動物行為時，便曾分析，那些因社會條件與個人環境因素使然，變得難以與他人接觸的人，為何分外會透過餵食動物來得到安慰：

10 引自陳平浩的〈狄西嘉的義大利新寫實三部曲：《單車失竊記》、《擦鞋童》、與《風燭淚》〉，《放映週報》80期（二〇一三年七月五日）。

會在城市裡餵野鴿的人，經常是孤獨的社會邊緣人：年長的人、寂寞的人、無家可歸的人。社會學者柯林．耶羅馬克（Colin Jerolmack）的形容令人印象深刻，他說，與野鴿的相遇，在永恆的一瞬間消解了人們的孤獨……最教人難過的莫過於，有人因為堅持繼續在自家院子裡餵食野鳥而遭到罰款或拘捕。「我這一生也只剩下牠們了，我的親戚家人都走了。」西索．彼特（Cecil Pitts）如此解釋。二〇〇八年，六十五歲的他，因為反覆在位於紐約奧氧公園（Ozone Park）的住家餵食大群野鴿，遭罰款五百美元。他只是無數餵養者當中的一個；他們在那些不被街坊鄰里喜愛的外來居民身上獲得認同。那些遭人漠視或鄙視的動物，默默活在喧囂的現代城市背後。

雖然時空背景不同，照顧的對象也有著同伴動物與野生動物之別[11]，但是不為社會所接納的弱勢者，心情卻是相似的：「不單因為感覺自己幫助了動物，心情滿足而已……這些動物認識我們、有能力與我們建立羈絆，且會一天天將我們納入牠的世界當中」。可以想見，越是畸零孤苦，越可能需要這份羈絆，不管在世俗眼中顯得多麼不可理喻。

在《風燭淚》中，這份羈絆之深，在佛萊克一度被抓入收容所的橋段，展現得更

11 必須特別強調的是，麥克唐納並非意在為餵食野生動物背書，而是想凸顯餵食的情感需求可能是哪些結構性因素造成的，並試圖指出關於餵食者的階級偏見。她以社會資本雄厚的英國演員喬安娜．拉姆利（Joanna Lumley）為例，表示即使她在倫敦住家的花園餵食馴化的野狐，也不會被干涉，但若是社會邊緣人進行餵食，則很容易被貼上製造髒亂與噪音的標籤。當然，麥克唐納本身對於餵食野生動物的看法，確實是較一般典型的生態保育者寬鬆，她除了承認自己的院子裡一直有餵鳥架之外，也直言透過觀察鄰近的野生動物，學到很多關於動物行為的事。與她立場較為近似的，還有德國自然作家渥雷本（Peter Wohlleben）。他在《自然的奇妙網路》（*Das geheime Netzwerk der Natur*）中，提及自己冬天時也會餵食野鳥，而他之所以背離原本不干預自然的立場，是不忍看見鳥兒在自家花園中縮成一團毛球，拚命取暖的受苦樣貌，他相信同理心可作為保育生態的強大力量，甚至勝過所有的法令規章，因此不認為自己基於同理心餵食野鳥這件事是絕對的錯。更何況，人類對自身大規模干預生態的苛責，與對動物伸出援手的苛責，在他看來其實很不合乎比例。當然，餵食野生動物產生的影響可大可小，基於娛樂心態的餵食或不當接近野生動物更有其問題。對餵食是否影響原有生態這件事，渥雷本之所以看似「獨排眾議」，在書中選擇凸顯較正面的例子，或許和他對於時間尺度的看法有關：他認為某些自然進程，其實是需要百年甚至千年才能完成，因此以人類時間尺度來評估，到底如何確定哪些干預是正向的，哪些又是負面的？對此他顯然不像主流的保育人士那樣篤定。

為清楚。翁貝托住院的期間，房東故意打開門放走佛萊克。出院後得知這個消息，他搭車急奔動物收容所，試圖找回佛萊克。雖然整部電影刻意以一種低調、日常、不戲劇化也不煽情的方式進行，但奔赴收容所救狗的這個段落，卻相當具有戲劇張力：老人要求司機加快車速免得錯過救狗的時機，但司機以開太快會出意外為由拒絕，這時，拮据的老人卻豪邁表示，若有萬一，他會負責賠償。老人當然沒有可以如此豪邁的本錢，但救狗心切讓他忘卻了現實的考量。總算到達目的地要支付車資時，司機又表示沒有辦法找零，老人想向附近的攤販換小鈔，也無人理會，他於是隨便買個便宜的杯子把錢找開，但拿到零錢後，幾乎同一時間就把杯子扔掉，只想趕快付完錢去找佛萊克。這匆促的一擲，不僅顯現了他的心急如焚，也凸顯出佛萊克對老人的重要性，牠是他不可捨棄的家人，相形之下，其他「身外物」，都不重要。

關於無家可歸的流浪者為何還會本末倒置地讓動物在生活中的排序如此重要，唐葆真的〈流浪者為何要養狗？《豢養獄》中同伴動物飼養的居家性與情感需求〉一文，曾有過詳細的分析。[12] 他引用美國文學與文化研究學者蘇珊・弗萊曼（Susan Fraiman）的觀點，指出曾經有過家的流浪者，即使被迫流離失所，生存的樣態還是會散發著高度的「居家性」，會出現種種的「造家」策略，例如企圖在地下道或橋墩下這些公共空間，「裝潢」出具有隱私性的「家」，而飼養同伴動物正是常見的造家策略之一，可以滿足流浪者對家的依賴、對家人的需求。從這個角度來看，翁貝托即使三餐不濟還是把佛萊克的生命放在第一位，更不足為怪了。對於老人來說，牠幾乎是唯一的「居家性」來源。

老人在千鈞一髮之際找到佛萊克，讓牠免於被送進毒氣室的命運[13]，但電影並非以人狗團圓作為歡喜大結局，因為老人依然得解決交不出房租、無處落腳的問題，影片繼續刻劃他如何嘗試向舊識借錢卻碰了軟釘子，如何想學人乞討又拉不下臉。最後他甚至讓會耍把戲的佛萊克叼著帽子站在路邊乞討，自己則躲在一旁等待，但這只換來路人好奇的眼光，對籌錢並無幫助。心灰意冷的老人最後一次回到即將不

12 該文收錄於黃宗慧、黃宗潔編著的《動物關鍵字：30把鑰匙打開散文中的牠者世界》。

13 老人尋遍收容所的囚籠試圖找到佛萊克的過程中，其他大批無主的狗被送進毒氣室，這場景儼然指控了納粹殘忍處死集中營猶太人的方式。除此之外，富太太就能欣然把狗領走、沒錢的人贖不回被捕的愛犬這樣的對比，則明顯批判了階級不平等的現實。

屬於自己的住處，一度萌生自殺的念頭，但佛萊克熟睡的姿態又讓他轉念，顯然不忍留牠獨活。

老人開始為佛萊克尋找容身處，並一度找到可以寄宿犬隻的人家。正當他想把所有剩餘的錢交給對方再一走了之時，發現寄宿地點的犬隻全都被鍊養，因此又感到猶豫不決。真正讓他不把佛萊克交給對方的原因，是他探詢後得知，對於等不到主人回頭來領走的狗，這裡一律棄養處理。老人不願意讓佛萊克未來淪為棄犬，只能又牽著牠離開，到公園碰運氣。這次，他想把佛萊克託付給一個看似喜歡狗的小女孩，但又遭到同行的大人出面阻止。無計可施的老人終於決定把佛萊克丟在原地，才能去自我了斷，只是當佛萊克慌張地找尋他的身影時，老人又再次不忍地回頭了。於是，他改變主意，打算抱著佛萊克一起讓火車撞死。火車駛近時，佛萊克驚恐地掙脫了，為了追回佛萊克並重新取得牠的信賴，老人只得跟牠玩起牠最愛的遊戲——影片最後，在有著眾多兒童嬉鬧的公園中，一人一狗漸漸淡出畫面，那是老人逗弄著佛萊克、而牠雀躍彈跳的身影。始終沉鬱的氣氛中，似乎第一次有了「向上」的力量。

之所以如此鉅細靡遺地敘述這段老人與狗的故事，是因為這翁貝托式的「to be or not to be?」將老人對佛萊克深厚的情感表露無遺。也是這樣的羈絆，成為老人決定活下去的關鍵。然而，對於下一頓不知道在哪裡的老人來說，所謂的羈絆，會不會只是一種相互拖累？確實曾有評論者作如是觀。珍妮佛·費（Jennifer Fay）便認為，老人與狗，是彼此的人質：「佛萊克在人的掌控下，沒有翁貝托便無法生存，而翁貝托既沒有足以活下去的資源，也沒有活下去的意願，卻仍無法遂其心意，帶著佛萊克一起死」，在她看來，影片將這一人一狗都呈現為戰後新社會秩序中的受害者，佛萊克作為一隻狗，被困在人類的可怕境況中不得脫身，而老人則呈顯了「與動物相處自如——擁抱自己的生物性本質——可能會危及自己在人類中的自由」[14]，畢竟，他因為和狗之間的羈絆，求死不能。

然而，老人是失去了求死的自由，被迫活下去，還是自由地選擇了原本未必想做的事情，負起了對自我與他者生命的倫理責任？即使我們不考慮狄西嘉本身對最後

14 詳見“Seeing/Loving Animals: André Bazin’s Posthumanism”一文。

一幕的詮釋也偏向正面——他認為公園裡孩童嬉鬧的場景，營造了一種令人振奮的氣氛[15]——將老人的選擇視為一種自由的展現，也並非一廂情願的過度解讀。精神分析及文化評論學者齊傑克（Slavoj Žižek）便曾將「放棄耽溺於自己的情感」、阻絕自己原本的偏好，視為一種倫理實踐的可能，進而將真正的自由界定為妨礙自己趨樂避苦的傾向、「實現做不想做的事情的自由」。為何自由竟不是指不受任何外在限制做想做的事、擁有許多可能性？齊傑克如此進一步解釋：真正的自由，並非擁有許多充滿可能性的選擇，而是透過進行選擇，回溯地打開這個選項的可能性（A choice retroactively opens up its own possibility）。[16]換句話說，當我們做了某個選擇，排除其他選項的時候，這個選擇的可能性就出現／實現了，所以可以說，是選擇的動作，回溯地讓某個選項變為可能，而不是某個選項本身原來就具有可能性。這兩者的差別在於，如果把可能性當成是某個選項原本就具備的，我們就多出很多藉口，例如可以說，之所以沒有怎麼做，是因為這個選項本來就不可能。但與其說某個因一定會導致某個果，不如說是在結果出現的時候，某個因，才被回溯地判定為因。一言以蔽之，是自己的選擇，回溯地賦予了這個選項可能性，而倫理，就是有勇氣去承擔做出選擇的責任。

若以齊傑克的定義來閱讀《風燭淚》最後的轉機，乍看偏離一般認知的「自由」，意義將具體而清楚得多：老人並非失去一死了之的自由，和狗成為彼此的人質，而是透過自由地選擇不尋死，讓「和他的狗一起活下去」這個選項，出現可能性。也就是說，歷經許多心情的糾結與無數次「半途而廢」的選擇之後，最後他並非因為確信活得下去，才選擇活，從而得到「活下來了」這個結果。如果只是因為活得下去而選擇活，或因為活不下去而選擇死，從齊傑克的觀點來看，這種選擇與其說展現「自由」，不如說是將結果交給機率決定，只是宿命論的反面——宿命論意謂「想活但註定活不下去」或「想死卻註定死不成」，一切都是命定安排；而選擇心之所欲、順應當下傾向，結果就像擲硬幣般，可能出現正面，也可能出現反面，比起彰

15 雖然狄西嘉論及此場景正面意義的脈絡，或許和作品受到的批評聲浪不無關係。當時不乏認為此作太過悲觀，甚至醜化了義大利這樣的看法。對此狄西嘉表示，如果重新拍攝《風燭淚》，他想要改動刪除的，正是片尾孩童嬉鬧著、相對正面的場景。出處同註9。

16 文中引述齊傑克的部分，均整理自他的 *The Parallax View* 一書。

顯自由，其實更近似一種訴諸或然率的選擇。但當自由表現在「選擇做不想做的事情」上時，倫理的面向反而得以顯現，因為是透過承擔選擇的責任、透過行動，來決定是否讓環境中的某些因素影響自己。對窮途潦倒的老人來說，活下去非但不具有充分實現的可能性，甚至顯然是他屢經挫折後，不想做的事。但他終究「實現了做不想做的事情的自由」，用活下去這個選擇，排除了其他選項（丟下狗自己死、和狗一起尋死），而正是這個將他者的生命考量進來——他的狗顯然不想死——之後所做出的，自由的選項，回溯地賦予了他活下去的可能。

當然，在老人與狗嬉戲的身影遠去後，我們仍不知他們將何去何從，他們的未來，也極可能依然艱難，但如同影評人陳平浩所言，「場景的變換似乎予人一絲希望：遠離了城市的高樓與電車、人情的冷暖與殘酷，在夾道的樹蔭下，老人與狗可以暫時得到一處庇護。」而觀眾，也因為他們之間令人動容的羈絆，得到了一絲安慰。

・・・

在影廬、太陽系看大師電影的「文青」歲月裡，我曾被狄西嘉的《單車失竊記》深深打動，但忙碌的生活把自己和觀影越推越遠，直到為了授課，才想到他的這部《風燭淚》或許可用以鼓勵學生思考：人所身處的階級與對待動物的態度之間，有著什麼樣的關係。然而這部自己極為喜愛的電影，多年來其實只在課堂上播映過一次，因為雖有受影片感動的學生，在黑暗的教室中，更多的是不耐影片的黑白畫面與低度戲劇性、顯得昏昏欲睡的年輕臉孔。玻璃心的老師為了教學效果，之後不曾再做此嘗試。這次為了撰寫本書增訂版，又重溫了這部電影，除了過去的感受自然湧現之外，影片中動物收容所的橋段所造成的衝擊，竟更甚當初。這一方面是因為片中的非人道捕犬與毒氣撲殺看似離現在已經很遙遠，但動物在收容所內的處境，改善得並不如想像得多，不免感慨。另一方面，初次看電影時，我尚未造訪過柏林的猶太博物館與慕尼黑鄰近的達浩（Dachau）集中營檔案資料室。在看過了猶太人如何被塞在兔子窩般高密度的空間集中管理、被以過去用來鞭笞動物的工具刑求等資料之後，重新看電影時，感到的不忍也就更深了。沒有人應該被這樣對待。事實上，沒有生命應該被這樣對待。而在那個將猶太人歸為次等人種的年代遠去後，我們所面臨的挑戰，便是更深刻地反思，還有哪些異己，依然被汙名化、被視為不值得善待、甚至死不足惜。許多動物，顯然都還在其中。

尾聲

走出兔子洞——《愛麗絲》中的動物倫理契機

十九世紀英國作家路易斯・卡洛爾（Lewis Carroll）的《愛麗絲夢遊仙境》（*Alice's Adventures in Wonderland*）與《鏡中奇緣》（*Through the Looking-Glass*）（以下合稱《愛麗絲》）雖是童書，歷來卻引發文學評論者種種不同的解讀，其中一種讀法著眼於故事中不尋常的人與動物關係。

掉進兔子洞的愛麗絲不是高高在上的，而是和動物之間有著地位逆轉的可能，例如體型變小之後，她連面對可愛的小狗也得退避三舍以求保命，又或者連兔子都可以差遣她做事。乍看之下，把這些小細節當成人與動物的高低位階被鬆動，未免有過度詮釋的嫌疑？但如果我們了解，在《愛麗絲》成書的年代，人們看待自身及其他物種的方式正深受達爾文（Charles Darwin）演化論的衝擊，而卡洛爾本人又是個反對活體解剖、對動物學深感興趣的人，或許就不難明白，何以會有評論者往這個方向解讀故事了。

達爾文的《物種起源》（*The Origin of Species*）在當時動搖了「人是其他萬物的治理者」這樣的特殊地位，而當忽大忽小的愛麗絲與各種動物邂逅時，我們確實也看到了人被拋進（他原本就屬於的）生物圈裡，和動物開展出不同以往的關係。喜歡這種閱讀角度的讀者，還可以從故事裡竟出現已滅絕的多多鳥（Dodo）這點，來印證卡洛爾對生態的關切；至於另一個讓人印象深刻的角色，鴿子，則有評論者認為，可能是卡洛爾有意讓讀者聯想隨著先一步消失的多多鳥走上絕跡之路的旅鴿，也可能是呼應達爾文在《物種起源》首章就提到的鴿子。[1]但無論是哪一種，都可以看出卡洛爾故事裡的動物，不能完全被當成脫離現實的擬人化動物。

其實，甚至連卡洛爾虛構出來的假海龜（Mock Turtle）這個角色，在書中之所以和真實的海龜一般頻頻落淚，也是因為卡洛爾對動物學頗有研究，很清楚海龜落淚的原因。[2]也就是說，看似奇幻的《愛麗絲》背後，的確有著自然史的脈絡，更明確地說，演化論的爭議與影響，在卡洛爾的書中處處留下了痕跡。其中大量出現的動物，除了營造出文學的奇幻世界，也同時彰顯了一個深受達爾文觀點影響，充滿競爭、吃與被吃等自然模式的世界。

負責插畫的譚尼爾（John Tenniel）也充分掌握了這個脈絡，評論者勞芙—史密斯（Rose Lovell-Smith）將他譽為《愛麗絲》的第一個——甚至是最好的——解讀者。[3]她發現譚尼爾插畫中的動物不但在比例上極精準地照顧到解剖學上真實動物

---

1 可參考 *The Alice Companion: A Guide to Lewis Carroll's* Alice *Books* 一書及勞芙—史密斯的 "Eggs and Serpents: Natural History Reference in Lewis Carroll's Scene of Alice and the Pigeon" 一文。

2 「母海龜夜間上岸產卵時，因為爬蟲類動物的海龜，腎臟無法代謝過多鹽分，因而生有一種特殊腺體，促進海龜透過管道將鹽分由眼角末端排出體外，被海水沖掉，但當海龜在陸地上時這些分泌物就像眼淚不斷湧出。」見王安琪所譯的《愛麗絲幻遊奇境與鏡中奇緣》該書譯註。而在譚尼爾的插畫中，假海龜之所以有著小牛的頭、後蹄與尾巴，是因為假海龜湯「仿效的是通常以小牛肉為食材的『綠龜湯』」；見陳榮彬所譯的《愛麗絲夢遊仙境與鏡中奇緣》該書譯註。

3 可參考 "The Animals of Wonderland: Tenniel as Carroll's Reader" 一文。

的細節，而且不論是多多鳥、刺蝟或是鸚鵡的樣態，都與博物學家伍德（J. G. Wood）的《圖解自然史》（*The Illustrated Natural History*）極為相像。此外，譚尼爾甚至還透過他的插畫來強化卡洛爾的文本與達爾文演化論的關聯，例如他在《愛麗絲夢遊仙境》中有連續兩幅插畫都畫了猿猴，第二幅插畫中的猿猴甚至直視著讀者，一如宣稱猿猴與人的親族關係。這樣的連結當然不是天馬行空的猜測，畢竟當關於演化論的大辯論在一八六〇年的牛津展開時，達爾文的強力支持者赫胥黎（Thomas Huxley）曾對威伯佛斯主教（Bishop Wilberforce）說出自己「寧可是猴子的後代也不想當主教的後代」這樣的話。[4]

關於演化論的看法，勞芙—史密斯甚至認為，譚尼爾的插畫或許比卡洛爾的文本還更基進，因為在他的插畫裡，跌入眼淚池塘後濕漉漉的愛麗絲和其他剛脫身的動物坐在一起，看來沒有太大的區別，但在卡洛爾的原畫中，愛麗絲與其他動物則顯得「人獸殊途」；她因此認為，譚尼爾透過插畫表達出卡洛爾自己可能都沒完全察覺到的文本意涵。

不過兒童文學研究者賈克（Zoe Jaques）卻不同意如此低估卡洛爾的作品，她認為就算不考慮插畫，卡洛爾的故事本身也已充分傳達了人與動物界線難分的題旨。她甚至推論，卡洛爾已經將愛麗絲「去人化」(dehumanize)，以便「加強她和其他奇異的物種之間的關係」。[5]

賈克找出了許多「證據」說明她的觀點，例如她認為愛麗絲總是被仙境中的動物們搞得一頭霧水，經常占不到優勢，呼應了人類在演化論衝擊下從存在巨鏈（Great Chain of Being）的最高點往下掉的命運。而在〈紅心王后的槌球場〉這節中，把紅鶴和豪豬當成打槌球的工具、還得要士兵手腳撐在地上拱起身子當球門的遊戲，顯然讓愛麗絲非常不安，她不時張望著找退路、想趁沒人注意時溜走。賈克認為，會有這樣的刻畫，也是因為卡洛爾對於人類主宰動物這件事情抱著質疑，所以才透過故事來批判人類為了娛樂任意犧牲動物的行徑。愛麗絲對這個遊戲的排斥，於是被

4 引自Mavis Batey的*The World of Alice*一書。
5 引自Zoe Jaques, “Alice’s Moral Wonderland: Lewis Carroll and Animal Ethics.”

用以證明，卡洛爾有意將她塑造成一個有別於傳統人類中心主義者的角色。[6]

事實上，《愛麗絲》裡關於食物的一些描述，都被認為足以激發動物倫理的相關省思。例如卡洛爾讓將被做成湯品的假海龜，抽抽噎噎地唱著〈海龜湯〉這首歌，這種安排透露出的訊息便是，「食物的生成是動物的毀滅」。又如在《鏡中奇緣》最後一章，愛麗絲在自己的加冕宴會上看見了許多食物，卻什麼也吃不到。她在引介下認識了羊腿和布丁之後，這兩樣食物就被以「切割剛剛介紹給妳的朋友，是不合禮儀的」為由撤下餐桌；在賈克的詮釋中，這也是要人面對這些食物原是動物的事實——由於大部分的布丁都是非素食的、成分中含有牛脂或羊脂，所以卡洛爾才會讓布丁說出「真是無禮！如果我從妳身上切下一片，妳會高興嗎？妳這混帳！」這樣的話。如此閱讀卡洛爾，不管是否符合作者原意，顯然是動物倫理的倡議者所樂見的吧。

如果要進一步談卡洛爾如何在故事中反思了人與動物的關係，自然不能忽略那隻懷疑愛麗絲想偷蛋的鴿子；就算讀者不把這隻憂心子嗣不保的母鴿解釋為卡洛爾對瀕絕旅鴿的關切，還是會發現愛麗絲與鴿子的互動絕非傳統人與動物間的宰制關係。

故事中愛麗絲因為吃下了神奇的蘑菇，脖子竟長到足以穿透樹叢，因此原以為找到了安全藏身地點的母鴿把她當成了蛇，忍無可忍地抱怨：「好像孵蛋這事本身不夠麻煩似的，還得讓我日日夜夜防範著蛇！」而當愛麗絲努力澄清自己是個小女孩時，不肯相信的母鴿回答，「我猜妳再來還打算要告訴我，妳從沒吃過蛋吧！」被這麼一問，誠實的愛麗絲雖然不得不承認自己確實吃過蛋，但仍想試著讓母鴿理解，即使小女孩和蛇一樣都會吃蛋，也不代表她是蛇，只是母鴿顯然不接受這說法，反駁道，「我只能說，如果小女孩也吃蛋，那麼她們就是一種蛇。」母鴿更接著表示，

6　當然也有評論者對這段情節有不同的解釋。先前提到的勞芙－史密斯就認為，用紅鶴與豪豬來打槌球這段情節，和《愛麗絲夢遊仙境》中諸如將蜥蜴踢出煙囪、看著睡鼠被塞進茶壺，或目睹天竺鼠在法庭上被壓制等等，都是屬於故事裡「殘酷嘉年華」的橋段。評論者奧爾巴赫（Nina Auerbach）認為，或許這是因為卡洛爾確實曾認為動物虐待是本能式的行為，不真的那麼嚴重，但到了寫《鏡中奇緣》時，他顯然已經將動物虐待看成是人類文明之罪了，而這和他當時反活體解剖的立場很有關係，可參考"Alice and Wonderland: A Curious Child"一文。勞芙－史密斯也有類似的發現，認為在《鏡中奇緣》裡曾與林中忘記名字的小鹿為伴的愛麗絲，相較於前一本書中的描寫，與動物之間的緊張關係減弱不少。

吃蛋的小女孩和蛇沒有兩樣，所以愛麗絲到底是小女孩還是蛇這問題對牠來說根本無關緊要。「這對**我**來說很重要。」一度沉默的愛麗絲這樣回應母鴿，接著用自己「不喜歡吃生蛋」來證明她絕對沒在打鴿蛋的主意，也才結束了這場人鴿之間的唇槍舌戰。

愛麗絲這句「我不喜歡吃生蛋」，如勞芙—史密斯所言，可以從人類學家李維史陀（Claude Lévis-Strauss）的觀點來解讀，因為愛麗絲的回答與李維史陀所說的，熟食是人類由自然過渡到文化的分水嶺，可說是不謀而合。想以用火、熟食的文明來肯定人類特殊性的這個描述，既透露了達爾文主義的衝擊所造成的人類身分危機，同時卻也隱含了倫理思考的可能。歷來達爾文主義引人憂心的一個面向，是演化論所提出的天擇、適者生存等說法，會不會也成為人類「解放」的藉口：既然人性並沒有特別高貴，也就不用再去符合道德責任的要求或恆常地追尋自我改進，反而可以用人無異於動物為由，鼓吹人們順著本能，自私地率性而為？

但《愛麗絲》似乎並沒有走向這樣的極端，所以我們才會看到愛麗絲努力想保持住人的特殊位置，而不是堂而皇之地用弱肉強食的法則捍衛自己吃鴿蛋的權利。「人就是人，和動物畢竟不同」這種思維方式，或許可能是充滿高低位階意識的人類中心主義作祟的結果，但反思「人之所以為人」這件事本身，卻不必然會推得人類中心主義的答案。愛麗絲藉由不吃生食來自我定義、想遠離「生吞活剝」的形象，就是一個例子。因此，與其說她是在劃定人與動物間不可跨越的疆界，不如說想贏得鴿子信任的愛麗絲，在乎的是人之所以為人的意義。

從這個觀點來看的話，愛麗絲與鴿子看似搞笑的對話，還可以進一步成為開啟倫理行動的契機：我們在日常生活中有太多需要依賴／利用動物的地方，更不用說對大多非素食者而言，奶蛋肉類都是來自動物，我們終需面對「動物利用者／剝削者」這樣的身分，若是如此，思考動物倫理對動物又有何意義？如果動物終究會因我們而犧牲，我們是怎樣的人，重要嗎？

用愛麗絲的方式來思考，答案就是，「對我們自己來說，這很重要！」因此儘管再怎麼節能減碳對瀕危的北極熊來說可能幾乎沒有幫助，我們依然該做這件自己認為正確的事；因此就算友善畜牧下的經濟動物還是會變成盤中飧，我們仍有必要提倡友善畜牧，盡可能減少牠們的痛苦；因此即使收容所裡的貓狗可能始終無人領養，志工們的陪伴及送暖仍舊有其意義……因為有了這些不問結果、但「對我來說很重要」的執著，我們才可能去思考自我對他者的倫理責任。

當然，《愛麗絲》這種有不同詮釋角度、充滿典故與文字遊戲的作品，不能只化約地視為「動物倫理」教材，但《愛麗絲》的自然史脈絡、演化論對那個時代的衝擊，確實都提供了觀照人與動物關係時值得納入討論的面向，也不妨看成卡洛爾本人埋下的線索。更何況，文學想像的動人之處，或許就在於總蘊含著以不同角度思考問題的契機，就看隨著愛麗絲走出兔子洞的我們，是否願意在掩卷之後，在心中種下《愛麗絲》故事遞出的，動物倫理的種子。

謝辭

這本書的完成，除了要感謝啟動文化之外（本書初版由啟動文化發行），由於本書可說是奠基於「文學、動物與社會」這門台大通識課，因此也要感謝曾經協助課程的所有講者：劉克襄、朱天心、錢永祥、廖鴻基、林清盛、吳明益、黃美秀、裴家騏、黃宗潔、駱以軍、葉子及KT、瞿筱葳、Raye、劉梓潔、黃筱茵、吳宗憲、賴儀婷、鄭麗榕（以上依應邀講課的學年度排列）。該門課能夠成為深受學生喜愛的通識課，講者們絕對功不可沒。

其中錢永祥老師不但多次被我勞煩來演講，在動物倫理思想上也帶給我許多啟迪；天心作為街貓節育放養志工的先行者，則給了我許多的建議與精神上的支持，要特別感謝他們。在課程助教方面，謝謝外文所的冠惠、嘉瑩、外文系的筱倫、地理所的暐舜，以及多次勝任此繁重工作的宥廷與暐凡。

也感謝讓我在動保路上得以堅持超過二十年的力量，這力量來自於在我生命中不同時刻加入同行行列的朋友們：永遠把動物的痛苦放在自己痛苦前面的玉敏、是運動前鋒也是知識後盾的師父（朱增宏）、《動物當代思潮》的召集人吳宗憲老師；還有從二〇一三年台灣狂犬病恐慌時期開始和我一起關心動物議題、又分擔我寫書過程焦慮情緒的en、小安、克蘭、淳之、凱琳、阿潑——謝謝她們讓我知道，動保的路並不孤單，還讓個性自閉的我有了結交到人類朋友的快樂。其他和我一樣愛動物的人類朋友們：Leslie、Belle、Sharon、閃貓、海妖、銘宏、志中、惠瑛、小美、阿寧、淑娟、鈺甯、米夏、小芸、阿美姊，都在不同層面上給了我許多支持，在此一併致謝。

當然，作為一個把動物的事情看得比什麼都重要的人，幫助我的動物，就是對我最大的幫助，所以容我利用一點篇幅向幾位動物醫師與助理致謝。古亭動物醫院的張哲誠醫師與吳曉陽醫師不時緊急幫忙救助我撿到的流浪動物，多虧了他們的善意與熱心，那些年我才能對那麼多動物伸出援手。古亭也是我心愛的狗兒丹丹後半生居住的家、小黃癱瘓後安養的地方，謝謝所有照顧過丹丹和小黃的人，尤其是楊姐。另外謝謝原典動物醫院的姚鈞瑋醫師、孫全醫師，他們領養了我照顧多年的街貓DoReMi、又細心照料著由重症中康復的小朵，我才能暫時從街貓絕育放養工作中「引退」。謝謝台大動物醫院的余品奐醫師教導我如何正確地飼養巴西龜，十多年前被我和妹妹從撈烏龜遊戲中救出的大龜、小龜因此才能度過許多難關。也謝謝當年蔡依津醫師成功地替KiKi切除腫瘤，讓我們和牠的緣分得以延續。

我還要謝謝在《英語島》擔任實習編輯時向我邀稿的學生晏庭，這本書有幾篇文章，就是根據當時的初稿大幅擴充改寫而成的。謝謝伯崧與潔珊，他們總是提供專業的編輯意見，讓我關於動物議題的專欄文章刊登在《鳴人堂》時能更具可讀性。謝謝凰綺協助初稿的校對、善妮幫忙搜集部分動物研究相關資料。

最後，特別感謝為本書寫序的羅晟文，他從課堂的旁聽生變成了世界新聞攝影獎（World Press Photo）的獲獎人、透過得獎創作《大白熊進行曲》把北極熊的生存困境傳遞出去。不管是得知晟文優異的表現，或是聽聞其他修課學生們仍持續以不同的方式關注動保，都讓我更加確信，「念念不忘，必有迴響」。

以動物為鏡

14堂人與動物關係的生命思辨課

作　　者　黃宗慧
封面設計　許晉維
內頁排版　藍天圖物宣字社
責任編輯　王辰元
校　　對　聞若婷

發 行 人　蘇拾平
總 編 輯　蘇拾平
副總編輯　王辰元
資深主編　夏于翔
主　　編　李明瑾
行銷企劃　廖倚萱
業務發行　王綬晨、邱紹溢、劉文雅
出　　版　日出出版
新北市231新店區北新路三段207-3號5樓
電話（02）8913-1005　傳真：（02）8913-1056
發　　行　大雁出版基地
新北市231新店區北新路三段207-3號5樓
24小時傳真服務（02）8913-1056
Email：andbooks@andbooks.com.tw
劃撥帳號：19983379　戶名：大雁文化事業股份有限公司

初版一刷　2025年2月
定　　價　450元

ISBN 978-626-7568-59-0
ISBN 978-626-7568-57-6（EPUB）

國家圖書館出版品預行編目（CIP）資料

以動物為鏡：14堂人與動物關係的生命思辨課 / 黃宗慧著. -- 初版. --
新北市：日出出版：大雁出版基地發行, 2025.2
288面；14.8×21公分
ISBN 978-626-7568-59-0（平裝）
1. 文學與自然　2. 動物保育
810.74　114000989